Linda Chapman

Sternenfohlen
Einhornfreunde

KOSMOS

Umschlaggestaltung von Michael Kimmerle, Stuttgart, unter Verwendung einer Illustration von Carolin Ina Schröter.
Innenillustrationen von Carolin Ina Schröter, Berlin.
Aus dem Englischen übersetzt von Ursula Rasch.

Unser gesamtes lieferbares Programm und viele weitere Informationen zu unseren Büchern, Spielen, Experimentierkästen, DVDs, Autoren und Aktivitäten finden Sie unter **www.kosmos.de**

Dieser Sammelband enthält:

Sternenfohlen – In der Einhornschule (Bd. 1)

Titel der englischen Originalausgabe:
Linda Chapman: Unicorn School – First Class Friends

First published by Penguin Group, Puffin Books, London 2007
Sternenfohlen – Der Einhornprinz (Bd. 2)

Titel der englischen Originalausgabe:
Linda Chapman: Unicorn School – The Surprise Party

First published by Penguin Group, Puffin Books, London 2007
Sternenschweif – Alles über Einhörner, Kap. 1–6

Titel der englischen Originalausgabe: My secret world – Magical unicorns
First published by Puffin Books, part of Penguin Books Ltd. 2004

ISBN: 978-3-440-12363-8
Produktion: DOPPELPUNKT, Stuttgart
Printed in The Czech Republic / Imprimé en République tchèque

Sternenfohlen

Sternenfohlen

In der Einhornschule

1

„Sind wir bald da?“, wieherte Wolke, das kleine, schneeweiße Einhorn erwartungsvoll. Sie galoppierte mit ihren Eltern über eine Wiese aus saftig grünem Gras in Arkadia.

Wolkes Mutter, ein wunderschönes hellgraues Einhorn mit dem Namen Sternenstaub, nickte. „Gleich um die nächste Ecke."

Wolke wurde vor Aufregung noch schneller. „Kein Grund zur Eile!", rief ihr Vater. „Die Tore sind noch nicht offen."

Mit einem ungeduldigen Schnauben verlangsamte Wolke das Tempo und fiel in Trab. Sie konnte es kaum erwarten, endlich in die Einhornschule zu gehen! Alle kleinen Einhörner in Arkadia kamen mit sieben Jahren ins Internat. Dort lernten sie, richtig zu fliegen und mit ihren Hörnern magische Sachen zu machen: Zaubern, Wunden heilen und in die Zukunft sehen.

Außerdem trieben sie viel Sport und tollten auf der Mondscheinwiese mit ihren Freunden herum. Wolkes Brüder hatten die Schule inzwischen verlassen, aber sie hatten ihr viel davon erzählt.

‚Das wird ein Riesenspaß', dachte Wolke. Sie hoffte, dass sie viele neue Freunde finden würde!

Gemeinsam mit ihren Eltern trabte sie einen Hügel hinauf. Als sie oben ankamen,

blieb Wolke wie angewurzelt stehen und starrte hinunter. Unter ihnen im Tal lag die Schule mit ihren weitläufigen Außenanlagen.

„Oh, wow!“, hauchte Wolke.

Die Einhornschule war ein riesiges Schloss mit großen goldenen Toren und zahlreichen spitzen Türmchen. Die Mauern schimmerten perlmuttfarben, und aus dem Gras leuchteten violette Blumen mit goldenen Punkten auf den Blütenblättern. Fünf hochgewachsene Elfen mit spitzen Ohren standen vor den goldenen Toren. Sie trugen silbrig glänzende Uniformen. Einhörner schossen vom Himmel herunter. Ihre Hörner glänzten, und ihre langen Mähnen wirbelten um sie herum.

Wolke sah voller Bewunderung zu, wie mühelos die fliegenden Einhörner auf dem Gras landeten. Einige von ihnen waren offensichtlich erst acht oder neun, und trotzdem flogen sie schon so sicher. Sie wünschte, sie könnte das auch so gut. Wenn sie selbst in den Himmel aufstieg, dann endete das normalerweise mit einer Bruchlandung oder in einem Baum! Ihre Brüder, die inzwischen die Schule abgeschlossen hatten, neckten sie immer damit. Aber ihre Mutter hatte gesagt, dass sie das Fliegen in der Schule lernen würde.

„Na, was sagst du?“, fragte ihr Vater.

„Es ist wundervoll!“ Wolke sah hinunter zum Schloss und zu den Einhörnern, die nebeneinanderher galoppierten und sich von den Sommerferien erzählten. Sie wirkten alle so viel größer als sie. Wolke wusste, dass sie klein war für ihr Alter — noch so etwas, weswegen sie von ihren lästigen älteren Brüdern geärgert wurde.

„Ich frage mich, ob diese Einhörner auch Erstklässler sind wie du“, sagte ihre Mutter, als sie den Hügel hinuntertrabten, auf die goldenen Tore zu. „Wer wird wohl dein Freund werden?“

Wolke sah sich die anderen Einhörner an. Sie war auf einmal schrecklich schüchtern.

Normalerweise traf sie sich gerne mit anderen Einhörnern, aber hier kannten sich anscheinend schon alle und hatten Freunde, mit denen sie reden konnten.

Ihr Blick fiel auf ein großes Einhorn in der Nähe. Es stand dort mit einem erwachsenen Einhorn, das möglicherweise sein Vater war. Sie hatten dieselben perlmuttfarbenen Hörner, hübsche gerade Nasen und dicke dunkle Mähnen.

‚Ich wette, das ist mindestens ein Drittklässler‘, dachte Wolke, während sie das große Einhorn ansah. Sie beobachtete nachdenklich, wie es so nahe bei seinem Vater stand. Komischerweise war es offensichtlich nervös und redete auch mit niemandem, so, wie es die anderen großen Einhörner machten.

Der Vater des Einhorns senkte den Kopf. „Ich gehe dann mal, Sturmwind“, hörte Wolke ihn sagen. Er sah zu den Toren. Bei den Elfen hatte inzwischen rege Betriebsamkeit eingesetzt, Klassenlisten kamen zum Vorschein.

„Vermutlich geht es gleich los. Ich wünsche dir ein wunderschönes erstes Schuljahr.“

„Danke, Paps“, schnaubte Sturmwind, das große Einhorn.

Wolke wunderte sich. Erstes Schuljahr! Dann war er also ein Erstklässler wie sie. Aber er sah so viel älter aus. Wolke kam nicht mehr dazu, näher darüber nachzudenken, denn ihre Mutter gab ihr einen sanften Stoß. „Wir sollten jetzt gehen, Wolke. Es ist immer ein bisschen chaotisch, wenn die Elfen die Einteilung für die Häuser machen.“

„Häuser?“ Wolke fragte sich, was ihre Mutter damit wohl meinte.

„Alle Einhorschüler gehören zu einem Haus – zum Sternenhaus oder zum Mondhaus, zum Regenbogenhaus oder zum Sonnenhaus“, erklärte ihre Mutter. „Du wirst mit den Schülern in deinem Haus essen und mit ihnen auch den Stall teilen.“

„Und später im Schuljahr werden dann Zauber- und Sportwettbewerbe zwischen den Häusern veranstaltet“, ergänzte ihr Vater.

„Ich bin gespannt, in welches Haus ich wohl komme“, sagte Wolke.

„Also, deine Brüder waren im Regenbogenhaus“, antwortete ihre Mutter. „Vielleicht kommst du ja auch dorthin. Auf Wiedersehen und sei schön brav.“

„Natürlich bin ich brav“, erwiderte Wolke.

Ihr Vater lachte: „Das wäre das erste Mal!“

„Papa!“ Wolke stampfte beleidigt mit dem Huf auf.

Er schnaubte sanft. „Du weißt doch, dass das nur ein Scherz war. Ich bin mir sicher, dass wir sehr stolz auf dich sein werden.“ Er berührte mit seinem Horn Wolkes Nacken. Mit einem magischen Prickeln verschwand ihre Nervosität.

Sie hob den Kopf, und ihre dunklen Augen leuchteten. „Ich werde mein Bestes geben, damit ihr stolz auf mich seid“, sagte sie mit fester Stimme. „Versprochen.“

Ihre Mutter lächelte. „Auf Wiedersehen, Wolke!“ Sie berührte Wolkes Horn mit ihrem eigenen, und dann flogen sie und Wolkes Vater los. Wolke sah ihnen nach, wie sie davonschossen, bis sie nur noch zwei kleine Punkte am blauen Himmel waren. Jetzt, da ihre Eltern weg waren, fühlte sie sich plötzlich ganz verlassen.

Drei ältere Einhörner spazierten an ihr vorbei. Wolke schätzte, dass sie mindestens schon neun Jahre alt waren. Der Anführer der kleinen Gruppe hatte dunkelgraue Beine und schwarze Augen, die schelmisch funkelten. Er stupste seine Freunde an: „Schaut euch diese winzige Erstklässlerin an!“

Ein Mädchen aus seiner Gruppe lächelte Wolke an: „Ist sie nicht süß?“

„Ich bin nicht süß!“, sagte Wolke und schleuderte ihre Mähne zurück. Sie mochte es gar nicht, wenn man sie winzig oder süß nannte. Immerhin war sie schon sieben!

Der Anführer kam auf sie zu. „Vermisst du Mami und Papi gar nicht?“, wieherte er herausfordernd.

„Nein“, erwiderte Wolke. Das stimmte zwar nicht ganz, aber das würde sie vor einem älteren Einhorn niemals zugeben.

Er sah sie einen Moment an. Irgendwie

erinnerte er sie an ihren Bruder Himmelssohn. Er hatte dasselbe freche Funkeln in den Augen.

„Weißt du eigentlich, dass die Erstklässler immer als Erste in die Schule hineingehen?“ Er sah hinüber zu den geschlossenen Toren. Die Elfen standen davor und unterhielten sich. „Geh einfach hin und klopf dreimal mit deinem Horn ans Tor, dann lassen dich die Elfen hinein.“ Er schaute sie mit offenem Unschuldsblick an.

Aber Wolke ließ sich nicht zum Narren halten. Sie wusste gleich, dass er das nur erfunden hatte, damit sie Ärger bekam. „Wirklich? Hast du nicht vergessen, dass ich zuerst noch einen Purzelbaum machen muss?“ Sie lachte und raschelte mit dem Schweif. „Als ob ich das wirklich machen würde! Ich bin doch nicht blöd!“

Die Freunde des Einhorns kicherten, und

er sah leicht verblüfft aus. Aber dann zuckte er nur mit den Schultern. „Na gut, vielleicht bist du gar nicht so dumm.“ Er grinste sie an.

„Komm jetzt, Oriel“, sagte das Einhornmädchen. „Wir wollen die anderen suchen.“

Die älteren Einhörner galoppierten davon. Sie umkreisten eine Gruppe von sehr erwachsen wirkenden Einhörnern, die bestimmt schon Sechstklässler waren.

„Langsam, dort drüben!“, rief einer der Elfen. „Vor den Toren wird nicht galoppiert!“

Aber Oriel und seine Freunde beachteten ihn gar nicht. Oriel senkte den Kopf und machte einen frechen Bocksprung. Das Gesicht des Elfen wurde rot vor Zorn. „Du ... du ... !“

Genau in diesem Moment trat ein anderer Elf vor und blies einen langen Ton auf einem Horn aus Bronze. Er trug einen dreieckigen Hut aus grünem Samt und sah aus, als wäre er der Anführer der Elfen. Sobald das Horn erklang, verstummten die Einhörner. Ruhe kehrte ein, dann räusperte sich der Elf.

„Alle mal herhören, es ist Zeit, in die Schule zu gehen. Bitte stellt euch nach euren Häusern auf: Sternenhaus, Sonnenhaus, Mondhaus und Regenbogenhaus“, sagte der Oberelf und deutete jeweils auf die anderen Elfen, die neben ihm aufgereiht standen. „Die Erstklässler werden erst drinnen erfahren, zu welchem Haus sie gehören. Deshalb möchte ich sie bitten, sich bei mir anzustellen.“ Er zog eine Namenliste aus seiner Manteltasche und rollte sie auseinander.

Die Einhörner begannen fünf Reihen zu bilden. Wolke trabte los und stellte sich ziemlich weit vorne bei den Erstklässlern an. Oriel und seine Freunde drängelten in der Reihe zum Regenbogenhaus. Der Elf dort wurde anscheinend gerade sehr böse auf sie. Wolke drehte sich um und sah, dass sich Sturmwind bei den Erstklässlern eingereiht hatte.

„Also bitte!", schimpfte der Elf des Regenbogenhauses. „Was tust du denn hier?", fragte er verärgert und deutete auf Sturmwind. „Du bist doch kein Erstklässler. Dafür bist du viel zu groß. Los, stell dich da an, wo du hingehörst!"

Wolke sah, wie Sturmwind verlegen wurde. „Aber ... aber ich bin ein Erstklässler", flüsterte er kaum hörbar.

Der Elf starrte ihn an. „Mach dich nicht lächerlich. Das kann nicht sein! Also, wo gehörst du hin?"

Sturmwind wirkte ganz eingeschüchtert. Er blickte sich um und bemerkte, dass ihn alle neugierig anstarrten. „Ich ... ich weiß es wirklich nicht. Ich bin zum ersten Mal hier", stammelte er.

„Schluss, das war's!", rief der Elf.

„Mir reicht's! Verlass sofort diese Reihe! Du meldest dich augenblicklich beim Direktor!"

2

Oriel und seine Freunde kicherten. Sturmwind sah aus, als würde er am liebsten im Boden versinken. Wolke hielt es nicht mehr aus. „Er ist ein Erstklässler!“, rief sie und trat aus der Reihe. Sie wusste, dass sich alle nach ihr umdrehten, aber das war ihr egal. „Ich habe mitbekommen, wie er sich von seinem Vater verabschiedet hat. Er ist zum ersten Mal hier!“, erklärte sie dem Elf.

Der Elf sah sie missbilligend an. Einen schrecklichen Moment lang dachte Wolke, er würde auch sie wegschicken. Dann trat auf einmal noch ein anderes Einhorn aus der Reihe und stellte sich neben sie.

„Es stimmt“, sagte es mit ängstlicher, kleiner Stimme. „Ich habe auch gehört, wie er sich von seinem Vater verabschiedet hat.“ Wolke sah sich um. Das Einhorn war sehr hübsch, mit einer silbernen Mähne, die fast bis zum Boden reichte, und dunklen Augen, die von dichten Wimpern umrahmt waren.

Sturmwind sah die beiden dankbar an.

In diesem Moment kam der Oberelf mit seiner Liste zu ihnen. „Wie heißt du?“

„Sturmwind“, erwiderte das große Einhorn.

Der Oberelf prüfte seine Liste und nickte. „Ich habe hier auf meiner Liste einen Sturmwind, der als Erstklässler bei uns anfängt. Anscheinend bist du doch in der richtigen Reihe.“

Der Elf, der das Regenbogenhaus betreute, zeigte sein Bedauern: „Das tut mir leid“, sagte er zu Sturmwind. „Du bist so groß, dass ich dachte, du wärst ein Drittklässler, der sich einen Scherz erlaubt." Damit trat der Elf zurück an seinen Platz.

Sturmwind blieb der Mittelpunkt des Interesses, bis der Oberelf das Horn wieder an die Lippen hob und einen langen Ton darauf blies. Zwei Elfen öffneten das goldene Tor.

„Alle Erstklässler zu mir!", rief der Oberelf.

Er schritt durch das Tor.

Sturmwind reihte sich neben Wolke und dem anderen Einhorn ein, das ihn verteidigt hatte: „Ich danke euch." Der Elf führte sie durch das Tor und über einen mit Gras bewachsenen Hof. „Die Leute halten mich immer für älter, als ich bin. Wie ihr gehört habt, heiße ich Sturmwind. Und wie heißt ihr?"

„Wolke."

„Ich bin Saphira", flüsterte das hübsche Einhorn schüchtern.

Sie lächelten sich an.

„Komisch, dass wir jetzt tatsächlich in die Einhornschule gehen“, bemerkte Sturmwind.

Wolke verstand genau, was er meinte. Sie hatte so viel an die Schule gedacht, dass es wirklich seltsam war, jetzt endlich dort zu sein. Und sie würde ihre Eltern ewig nicht mehr sehen.

„Wenn nur meine Brüder und Schwestern da wären!“, wieherte Saphira nervös. „Es ist ganz ungewohnt für mich, etwas ohne sie zu tun.“

„Wie viele Geschwister hast du denn?“, fragte Wolke.

„Sechs. Zwei ältere und vier jüngere.“

„Wow, ich habe nur zwei Brüder, und das ist mehr als genug!“ Wolke grinste.

„Ich habe überhaupt keine Geschwister“, sagte Sturmwind. „Ich kann mir gar nicht vorstellen, wie es mit sechs Geschwistern ist! Da geht es bestimmt sehr laut zu.“

„Das stimmt. Sie werden mir sehr fehlen." Saphira sah richtig wehmütig aus.

„Meint ihr, wir sind alle zusammen im selben Haus?", fragte Wolke eifrig. Sie hatte Sturmwind und Saphira zwar gerade erst kennengelernt, aber sie wusste jetzt schon, dass sie die beiden gerne als Freunde hätte.

„Das erfahren wir bestimmt gleich", erwiderte Sturmwind. Sie folgten dem Elf durch einen Torbogen in einen Hof und anschließend auf einen großen Platz, der von einer Mauer umgeben war. Auf der einen Seite befand sich ein Tisch mit einer steinernen Platte. Ein altes, äußerst stattliches Einhorn stand dahinter. Sein Körper war schneeweiß ohne das kleinste Fleckchen grau. Wolke staunte. Die Hörner der meisten Einhörner waren entweder golden, bronzefarben oder silbern. Aber dieses Einhorn hatte ein golden-bronzefarben-silbern-gestreiftes Horn.

„Das ist bestimmt Das Trihorn“, flüsterte sie. Ihre Brüder hatten ihr alles über Das Trihorn, den Direktor der Schule, erzählt. Sie sah ihn voller Ehrfurcht an. Ihre Brüder hatten berichtet, dass er mehr über die Geheimnisse des Zauberns wusste als alle anderen Einhörner in Arkadia.

„Ruhe bitte!“, befahl der Oberelf. Er stellte die Erstklässler in einer ordentlichen Reihe vor Dem Trihorn auf. Die älteren Schüler strömten über den Platz in ihre Häuser. Sobald Ruhe eingekehrt war, trat Das Trihorn vor. „Willkommen!“ Seine kräftige Stimme schallte über den Platz.

Niemand wagte, sich zu bewegen. Das Trihorn strahlte große Ruhe und Kraft aus. Wolke konnte sich nicht vorstellen, dass ihm irgendjemand nicht gehorchte.

Sein Blick schweifte über die Erstklässler. „Ihr werdet in der Schule viel lernen. Aber es liegt an euch, was ihr aus eurer Zeit hier macht. Seid bereit, viel zu hören und viel zu lernen.“ Er schien jeden Einzelnen der Reihe nach zu mustern. Alle standen ganz still. „Als Erstes erfahrt ihr, zu welchem Haus ihr gehört.“ Das Trihorn trat vor und berührte mit seinem Horn den steinernen Tisch. Wolke beobachtete fasziniert, wie die Platte aufleuchtete und vier Namenslisten in verschlungener Schrift erschienen.

„Ich rufe euch mit eurem Namen auf. Bitte tretet dann vor“, sagte Das Trihorn und begann, die acht Namen der ersten Liste vorzulesen. „Im Regenbogenhaus sind: Sternenglanz, Topas, Wolke, ...“

Wolkes Herz machte einen Sprung, und sie trat vor. Sie war im Regenbogenhaus! ‚Hoffentlich sind Sturmwind und Saphira auch im Regenbogenhaus‘, dachte sie.

„Saphira ...“

Sie sahen sich entzückt an.

„Feuerschweif, Phönix, Mondstrahl, ...“

Wolke blickte sich um. Sturmwind sah beunruhigt aus.

„Sturmwind“, schloss Das Trihorn.

Wolke atmete erleichtert auf, als Sturmwind zu ihr und Saphira trat. Sie stupste ihn freundschaftlich an, und Saphira rieb ihre Schnauze an ihm. Er wirkte sehr zufrieden.

Mondstrahl, der auch zum Regenbogenhaus gehörte, kam zu ihnen. Er war klein und muskulös und hielt den Kopf stolz erhoben. „Hi."

„Hi", flüsterten sie alle zurück und lächelten.

Das Trihorn verlas die Namen der Erstklässer der anderen drei Häuser. „So, jetzt könnt ihr eure Ställe suchen", verkündete er. Er hob das Haupt, sodass sein gestreiftes Horn funkelte. „Alle wegtreten!"

Vier ältere Einhörner trabten zu den Erstklässlern.

„Ich bin Jupiter", stellte sich ein gut aussehendes, grau geschecktes Einhorn vor. Schwarze Strähnen durchzogen seine Mähne und seinen Schweif. „Wir sind Sechstklässler und zeigen euch jetzt die Ställe, wo ihr schlafen werdet. Und dann führen wir euch durch die Schule. Die Erstklässler vom Regenbogenhaus bitte zu mir!"

Wolke und die anderen trotteten zu ihm.

Jupiter lächelte sie an. „Also, los. Auf zu den Ställen!"

3

Die acht Erstklässler folgten Jupiter in einen der Türme. Dort wand sich ein Gang steil hinauf. „Eure Ställe sind ganz oben. Das Hinaufgehen ist etwas mühsam. Aber wenn ihr gelernt habt zu fliegen, seid ihr viel schneller."

„Schlafen wir alle zusammen?", fragte Saphira.

Er nickte. „Es gibt acht Boxen in jedem Stall. Für jeden von euch eine."

„Ich hab noch nie zuvor mit anderen in einem Stall geschlafen", sagte Mondstrahl. „Meine Geschwister und ich hatten unsere eigenen Ställe."

„Eure eigenen Ställe?“, wiederholte Wolke fragend.

„Klar, wir wohnen doch auf ...“ Mondstrahl brach plötzlich ab; irgendetwas war ihm peinlich. „Na ja, unser Haus ist ziemlich groß“, murmelte er hastig.

Wolke wunderte sich. Normalerweise hatten Einhornfamilien einen einzigen Stall mit getrennten Boxen. Ungewöhnlich, dass Einhörner ein so großes Haus besaßen, dass jeder seinen eigenen Stall hatte. Außerdem verbrachten die Einhörner sowieso die meiste Zeit damit, auf den saftigen Wiesen von Arkadia zu grasen. „Warum ist euer Haus so groß?“, fragte Wolke.

„Hey, seht nur!“, rief Mondstrahl und wechselte schnell das Thema, ohne ihre Frage zu beantworten. „Wir sind gleich oben. Kommt schnell!“ Sie trabten weiter, bis sie zu den obersten Fenstern gelangten.

Saphira sah durch die großen Fenster auf die weißen Wolken draußen.

„Wo ist denn der Stall, in dem wir schlafen?“ Phönix sah sich überrascht um.

„In den Wolken“, erklärte Jupiter lächelnd. Er berührte eine Tür mit seinem glänzenden Horn, und sie schwang auf. Dahinter war eine weiße, flauschige Wolke. In der Mitte gab es einen Gang. Am anderen Ende war ein großer Raum, der in acht Boxen aufgeteilt war. Niedrige Wände teilten sie voneinander ab. In die Wolkenwände waren Fenster geschnitten worden. Und in jeder Box gab es einen Eimer mit frischem Wasser und ein großes Netz mit Heu.

„Das ist euer Stall“, erfuhren sie von Jupiter. „Die Zweitklässler wohnen über euch, die Drittklässler sind noch darüber. Und so geht es hinauf bis zu den Sechstklässlern, die in den obersten Wolken schlafen.“

Sturm-wind
Wolke

„Wow!“ Wolke trat in den Stall. Der Boden unter ihren Hufen war weich und gab nach. Sie berührte mit der Nase die Wände des Gangs, während sie hindurchging. Ein Wolkenbausch flog davon wie ein Stück Watte. Über den Eingängen zu den Boxen hingen silberne Namensschilder. Mondstrahl war rechts hinten, daneben Sturmwind und dann Wolke und Saphira. Neben Saphira waren Topas, Sternenglanz, Feuerschweif und Phönix.

Die Erstklässler gingen in ihre Boxen. Dort war der Boden noch weicher und flauschiger. Wolke strahlte. „Ich kann's kaum mehr erwarten, heute Abend ins Bett zu gehen.“

„Echt cool!“, schnaubte Sturmwind.

„Gut, wollt ihr auch noch den Rest der Schule sehen?“, fragte Jupiter.

„Ja, bitte!“, antworteten alle begeistert.

Sie folgten Jupiter den Turm hinunter.

„Den Versammlungsplatz habt ihr ja schon gesehen.“ Jupiter deutete mit seinem Horn zu dem Ort, wo Das Trihorn sie begrüßt hatte. „Und hier geht's zur Mondscheinwiese.“

Er führte sie durch einen Torbogen. Vor ihnen breitete sich eine große Wiese aus. Sie war von Schatten spendenden Bäumen umgeben. Unzählige Einhörner waren dort am Reden, Grasen oder Fliegen. „Auf der Mondscheinwiese treffen wir uns zum Essen und zwischen den Stunden“, erklärte Jupiter. „Wir kommen später noch einmal her.“

Die Schule war riesig. Jupiter geleitete sie über das Zauberfeld, wo sie alles über Magie lernen würden, bis hin zum Meer des Schweigens. Das Meer war ruhig und glänzte silbrig im Sonnenlicht. An seinem Ufer lag ein weißer Sandstrand. Jupiter zeigte mit seinem Horn zu den graurosa Felsen, die sich über dem Strand erhoben. „Das sind die Rosenquarzklippen. Dort werdet ihr mithilfe eurer Zauberkräfte lernen zu sehen, was anderswo in Arkadia gerade passiert.“ Er galoppierte den Strand entlang und dann einen Pfad hinauf, der sie auf die Klippen führte. Dort gab es eine große Fläche mit kurzem Gras und wirrem Gestrüpp aus Dornensträuchern.

„Das ist die Flugheide“, erklärte Jupiter.

„Und wie heißt denn der Wald dort drüben?“, fragte Topas und deutete mit ihrem Horn hinüber zu einem dichten Wald mit hohen Bäumen, der an die Flugheide angrenzte.

„Das ist der Dornenwald“, antwortete Jupiter. „Dort müssen wir durch, wenn wir zum Pass der Winde wollen. Dort treiben wir Sport und veranstalten Wettfliegen. Kommt mit. Ich zeig ihn euch.“

Der Wald war dicht und tief. Über ihnen ragten die Bäume turmhoch auf.

„Dort oben liegt der Pass der Winde.“ Jupiter bog vom breiten Weg in einen schmalen, gewundenen Pfad ab. „Erstklässler dürfen nur in Begleitung eines Sechstklässlers oder eines Lehrers hier herauf. Man kann sich leicht verirren.“

Der Weg wand sich höher und höher hinauf. Wolke verstand sehr gut, dass man sich hier verlaufen konnte. Sie war sich sicher, dass sie den Weg niemals alleine finden würde.

Schließlich endete der Pfad und sie kamen auf dem Gipfel eines Bergs aus dem Wald. Hier war es völlig eben. Um sie herum fielen die Felswände so steil ab, als hätte ein Riese dem Berg die Spitze abgeschnitten. Die Mähnen der Einhörner wirbelten im Wind, als sie dort auf dem kurzen Gras standen.

„Es ist sehr windig!“ Sternenglanz drückte sich schutzsuchend an Jupiter.

„Aber es ist ein toller Ort für Rennen", bemerkte Mondstrahl.

Wolke wollte alles ganz genau erkunden. Sie galoppierte auf den Rand der Grasfläche zu und blickte in den Abgrund hinunter. Sturmwind trabte hinterher. Der Abhang war steil und felsig.

„Seid vorsichtig!", wieherte Jupiter. „Der Wind hier oben ist oft sehr heftig. Wolke, geh nicht zu nahe an den Rand!"

Wolke wollte gerade zurücktreten, als auf einmal wie aus dem Nichts ein starker Windstoß kam. Er fegte über sie hinweg und warf sie um.

„Wolke!", hörte sie Saphira hinter sich keuchen.

Der Wind trieb Wolke direkt auf den Abgrund zu.

„Hilfe!", wieherte sie voller Angst.

4

Wolke rechnete schon damit, über den Rand geblasen zu werden. Aber im nächsten Moment sah sie etwas weiß aufblitzen. Sturmwind landete direkt vor ihr. Er hatte sich zwischen sie und den Abgrund geworfen. Wolke prallte gegen ihn. Sie fiel auf die Knie.

„Alles in Ordnung?", wieherte er.

„Ja!" Wolke rappelte sich gerade wieder auf, als Jupiter zu ihr galoppiert kam.

„Wolke!", rief er erschrocken. „Ich dachte schon, du fällst hinunter!"

„Ja, das dachte ich auch." Wolkes Beine zitterten. Sie wollte gar nicht daran denken, was passiert wäre. Sie drehte sich hastig zu

Sturmwind um. „Danke!“ Ihre Stimme zitterte.

„Sturmwind, du hättest selbst hinunterstürzen können“, wieherte Mondstrahl. „Du warst großartig!“

Sturmwind freute sich über dieses Lob, war aber auch ein bisschen verlegen.

„Kommt lieber“, sagte Jupiter besorgt. „Wenn der Wind so heftig ist wie jetzt, dann ist es hier oben zu gefährlich. Wir machen uns besser auf den Rückweg. Und denkt daran: niemals alleine hierherkommen!“, warnte er sie.

„Das werden wir bestimmt nicht“, versprach Wolke. Am liebsten würde sie nie mehr zum Pass der Winde gehen!

Sie folgten Jupiter den Berg hinunter durch den Wald. Dann galoppierten sie auf die Schule zu und wurden erst langsamer, als sie zur Mondscheinwiese kamen.

„Bald gibt's Mittagessen", kündigte Jupiter an.

Noch während er sprach, erklang wieder das große Horn. Ein ganzes Heer von Elfen erschien und schleppte Eimer voller Futter heran. Die Eimer waren aus Silber, und in jeden war ein Name eingraviert. Im Schatten der Bäume waren Tische aufgestellt worden, die runde Vertiefungen hatten, in die Eimer hineingestellt wurden. „Das hier ist unser Tisch", verkündete Jupiter und zeigte den Erstklässlern den Tisch des Regenbogenhauses. „Dort essen die Lehrer", ergänzte er und deutete auf eine Gruppe von erwachsenen Einhörnern, die bereits speisten. Er nickte einem großen, muskulösen Einhorn mit freundlichem Blick zu: „Das ist der Leiter des Regenbogenhauses. Er heißt Atlas und unterrichtet euch im Fliegen. Ihr trefft ihn heute Nachmittag bei der ersten Flugstunde."

Wolke entdeckte ihren Eimer und steckte die Nase hinein. Köstlich! Kleie, gekochte Gerste und Hafer. Ihr Lieblingsessen! Sturmwind war neben ihr und Saphira und Mondstrahl gegenüber. Jupiter neben Mondstrahl.

Als alle angefangen hatten zu essen, sah Wolke, dass Oriel, das freche Einhorn aus der dritten Klasse, an ihrem Tisch war. Als er sie und Sturmwind sah, musste er grinsen.

„Hey, Zwerg und Riese!", rief er.

Wolke lächelte. Bestimmt waren sie und Sturmwind ein lustiges Paar. Immerhin reichte sie ihm nur bis zur Schulter. Sie blickte Sturmwind an und merkte, dass er verlegen war. „Hör einfach nicht hin. Oriel macht nur Spaß."

„Haben sie dich als Fohlen gestreckt? Oder haben dich deine Eltern mit den Hufen in Dünger gestellt, damit du schneller wächst?", rief Oriel.

Die anderen Drittklässler kicherten. Sturmwind ließ den Kopf hängen.

„Oriel!", tadelte Jupiter. „Hör auf, ihn zu ärgern, sonst melde ich dich bei Atlas."

„Schon gut. Reg dich nicht auf", sagte Oriel frech. Aber er wandte sich wieder seinem Essen zu und hörte auf, Sturmwind zu belästigen.

Wolke sah Sturmwind neben sich an. „Mach dir keine Sorgen. Sie sind einfach albern", flüsterte sie.

„Ich wünschte, ich wäre so groß wie du", sagte Mondstrahl zu Sturmwind. „Bestimmt galoppierst du schneller und springst höher als alle in unserer Klasse."

Saphira schnaubte ihn sanft an. „Mondstrahl hat recht. Es ist ein Vorteil, wenn man so groß ist wie du. Du hast so viel Kraft. Denk daran, wie du heute Wolke gerettet hast."

„Du warst großartig!“, sagte Wolke dankbar.

Sturmwind lächelte sie scheu an. „Danke.“

Mondstrahl wechselte das Thema. „Wann beginnt unser Unterricht?“

„Heute Nachmittag“, erwiderte Jupiter. „Ich habe mir euren Stundenplan angesehen. Nach dem Mittagessen ist die erste Zauberstunde, und dann gibt es Flugunterricht.“

Wolke spitzte die Ohren. Wow! Zaubern und fliegen! Sie konnte es gar nicht mehr erwarten!

Nach dem Mittagessen brachte Jupiter die kleine Gruppe zu den anderen Erstklässlern auf das Zauberfeld.

„Viel Spaß!“

„Danke!“, erwiderten sie im Chor.

„Ich muss jetzt in meine Rosenquarzstunde, einen Blick in die Zukunft wagen. Bis dann."

Sie verabschiedeten sich, und er galoppierte davon.

Die Zauberlehrerin war ein sehr schlankes,

blassgrau gesprenkeltes Einhorn. Ihr Schweif war so lang, dass er über den Boden fegte. Sie lächelte sie freundlich an. „Hallo. Ich bin Damaris und werde euch Zaubersprüche und Flüche lehren. Wie ihr bestimmt alle schon wisst, ist ein Zauber etwas Positives; er hilft oder bringt Glück. Ein Fluch dagegen bewirkt etwas Böses."

Alle Einhörner nickten.

„Man kann einen Gegenstand verzaubern oder verfluchen. Wenn ein Einhorn oder ein Mensch diesen Gegenstand berührt, beginnt der Zauber zu wirken", ergänzte Damaris.

„Flüche sind ansteckend. Das heißt, wenn man ein Einhorn, das verflucht wurde, berührt, überträgt sich der Fluch auf einen selbst."

Mondstrahl hob sein Horn. „Wieso müssen wir Zaubersprüche und Flüche lernen?

Mein Vater sagt immer, dass wir Einhörner diese Art von Magie nicht ausüben sollten. Unser Zauber sollte in uns liegen."

„Da hat dein Vater völlig recht", erwiderte Damaris. „Aber manchmal ist es doch hilfreich, wenn man einen Zauberspruch weiß. Vielleicht musst du jemandem helfen und bist ihm nicht nahe genug, um ihn mit deinem Horn zu berühren." Sie sah die Klasse streng an „Natürlich sollten Einhörner niemals einen Fluch benutzen. Wir lehren sie, damit ihr wisst, wie ihr sie vermeiden könnt. Heute zeige ich euch einen Glückszauber. Also, dann mal los."

Damaris gab jedem Einhorn ein altes Pferdehufeisen. Dann erklärte sie, wie man es mit einem Glückszauber erfüllen konnte, indem man es mit dem Horn berührte und möglichst viele positive Gedanken hatte. Sie beschrieb, wie das Hufeisen silbrig glänzend wurde, wenn man es richtig gemacht hatte.

Es war nicht einfach, aber am Ende der Stunde hatten es die meisten Schüler geschafft, ihr Hufeisen ein wenig zum Glänzen zu bringen. Wolkes Hufeisen funkelte am meisten. „Gut gemacht“, wurde sie von Damaris gelobt, als sie die Hufeisen einsammelte. „Anscheinend bist du ein Naturtalent.“

Wolke strahlte glücklich. Es war toll, im Zaubern gut zu sein!

„Warum können wir nicht einfach zaubern?“, fragte Sturmwind. „Warum müssen wir das im Unterricht lernen? Einhörner, die in der Menschenwelt leben, können zaubern, sobald sie ihre Einhorngestalt angenommen haben. Warum kann das bei uns nicht genauso sein?“

„Gute Frage, Sturmwind“, antwortete Damaris. „Einhörner, die dies nur im Geheimen sind und bei den Menschen leben, werden bereits mit großer Zauberkraft geboren. Darum müssen sie nicht üben wie wir." Damaris lächelte. „Aber ich bin mir sicher, dass euch das Zaubern irgendwann genauso leichtfallen wird wie den geheimen Einhörnern."

Wolke blickte Saphira an. Sie wünschte es sich so sehr!

Nach der Stunde brachte Damaris sie über den Klippenpfad hoch zur Flugheide. Atlas erwartete sie dort zu ihrer ersten Flugstunde.

„Seid ihr schon oft geflogen?", fragte Wolke die anderen.

„Ich schon", erwiderte Mondstrahl.

„Ich noch gar nicht. Mein Vater meinte immer, es wäre besser für mich, wenn ich es erst in der Schule lerne", schnaubte Sturmwind. „Er hatte wahrscheinlich Angst, dass ich in unseren Stall krache."

„Ich bin auch noch kaum geflogen", gab Saphira zu. „Und ich bin nicht besonders gut. Immer endet es mit einer Bruchlandung."

Atlas ließ sie in einer Reihe aufstellen. „Das Fliegen ist nicht schwierig. Wenn ihr fleißig übt, dann ist es für euch bald so leicht wie traben. Am Ende dieses Schuljahres könnt ihr im Fliegen spielen und Wettkämpfe austragen. Am wichtigsten ist es, dass ihr daran glaubt, dass ihr es könnt. Und wenn ihr euch in die Lüfte erhebt, lasst euch mit allem Zeit. Kein Herumrasen, bevor ihr nicht sicher wenden und landen könnt. Verstanden?"

Alle nickten.

Dann übten sie das Abheben, flogen ein Stück nach oben und kamen wieder zurück. „Einhörner machen immer den Fehler, zu früh zu hoch zu fliegen. Sie verlieren dann die Kontrolle und krachen irgendwo dagegen."

‚Ich kann das', redete Wolke sich selbst gut

zu. Sie atmete tief durch. ‚Flieg!' Ein magischer Schauer lief über ihr weißes Fell. Ihr Körper wurde ganz leicht, und plötzlich stieg sie ziemlich schnell in den Himmel auf.

‚Hinunter!' Sie erinnerte sich daran, was Atlas gesagt hatte: Zu Beginn nicht zu schnell aufsteigen!

Sie glitt zurück zum Boden. Als ihr eine sanfte Landung gelang, wieherte sie zufrieden. Überall um sie herum stiegen Einhörner auf und kamen wieder herunter. Mondstrahl war wirklich gut. Er schoss sehr hoch hinauf, und seine Landungen waren perfekt. Eigentlich hatte niemand echte Probleme – na gut, außer Sturmwind, wie Wolke bemerkte. Er kam irgendwie nicht richtig hoch.

„Du musst daran glauben, dass du es kannst", ermunterte ihn Atlas. „Versuch es noch einmal und stoße dich mit den Hinterbeinen ab."

Sturmwind war wild entschlossen. Er nahm mit seinen kräftigen Hinterbeinen Schwung und flog in die Luft.

„Wow!“

Seine Beine wirbelten nach allen Seiten. Andere Einhörner mussten überstürzt landen, um ihm nicht in die Quere zu kommen.

„Komm zurück!“, rief ihm Atlas zu.

Aber anscheinend hatte Sturmwind die Kontrolle über seine Beine verloren. Er schoss nach hinten.

Mondstrahl war direkt hinter ihm. „Vorsicht!“, rief er erschrocken.

Um Mondstrahl auszuweichen, warf sich Sturmwind nach vorne und raste direkt in Saphira hinein. Sie drehte sich um sich selbst. Ihre Beine schlugen wild aus, aber es war zu spät. Mit einem erschrockenen Wiehern schlug sie auf den Boden auf.

5

„Saphira!“, wieherte Wolke.

Sturmwind landete auf den Knien. Er rappelte sich auf und galoppierte zu Saphira, die auf dem Boden lag.

Gleichzeitig kam Atlas zu ihr. „Wie geht es dir?“, fragte er.

Die harte Landung hatte Saphira den Atem genommen. Sie schnappte nach Luft. Eine lange Wunde verlief über ihren Bauch. Atlas berührte ihre Brust mit seinem Horn. Das Horn leuchtete und sprühte Sterne. Einen Moment später begann der Zauber zu wirken. Saphiras Gesicht entspannte sich, und ihr Atem wurde wieder normal. Die

Wunde am Bauch verheilte ebenfalls unter Atlas Berührung.

„Saphira, es tut mir so leid, dass ich dich gerammt habe“, rief Sturmwind niedergeschlagen. „Ich bin so groß und ungeschickt.“

„Ist schon gut“, antwortete Saphira. Sie

kam wieder auf die Beine und schüttelte sich den Staub aus dem Fell. „Es war ein Unfall."

„Ich bin so dumm", stöhnte Sturmwind.

„Nein, das bist du nicht", erwiderte Atlas freundlich. „Du musst nur lernen, deine Kraft richtig zu gebrauchen. Je mehr du übst, umso besser wirst du."

„Ich helfe dir", bot Mondstrahl an. „Wir können zwischen den Stunden üben."

Atlas sah die anderen an: „Los, die Aufregung ist schon wieder vorbei. Probiert es noch einmal!"

Am Ende der Stunde konnten sie alle – außer Sturmwind – ein paar Meter in die Luft fliegen und ohne Getöse wieder landen. Aber Sturmwind wagte sich nicht mehr als ein paar Zentimeter weg vom Boden. Er hatte schreckliche Angst, noch einmal jemandem wehzutun.

Nach der Stunde gab es Tee. Als alle auf

die Mondscheinwiese zurückkehrten, kam Oriel angaloppiert. Er grinste Sturmwind an. „Ich hab gerade von deiner Flugstunde gehört. Du bist ja ein echter Kracher.“ Er lachte über seinen eigenen Scherz. „Anscheinend bist du der größte Tollpatsch unter den Einhörnern.“

Sturmwind schämte sich entsetzlich.

Wolke funkelte Oriel an. „Er ist kein Tollpatsch! Er braucht einfach noch ein bisschen Übung.“

„Ist mir recht, solange wir nicht gleichzeitig in der Luft sind. Ich hab nämlich keine Lust, in den Boden gerammt zu werden.“ Oriel lachte und galoppierte davon.

Saphira rieb ihre Nase an Sturmwind. „Beachte ihn einfach nicht.“

Mondstrahl sah Oriel böse nach. „Ich wette, du fliegst bald ganz großartig.“

Aber Sturmwind war nicht überzeugt.

Die folgende Woche mit all ihren Unterrichtsstunden verging wie im Flug. Sie hatten alle so viel zu lernen — Fliegen, Zauberei, Flüche, in die Zukunft blicken und Heilen. Außerdem standen Einhorngeschichte und die Geografie von Arkadia und der Menschenwelt auf dem Stundenplan. Wolke, Saphira, Sturmwind und Mondstrahl waren bald dicke Freunde. Sie hatten zusammen viel Spaß. Das Einzige, was sie bedrückte, war die Tatsache, dass Sturmwind immer noch Probleme mit dem Fliegen hatte. Sobald er sich ein wenig vom Boden entfernte, verlor er sein Selbstvertrauen und wurde vor Angst ganz steif. Dass alle anderen Erstklässler sehr schnell lernten, machte das Ganze noch schlimmer. Am Ende der Woche konnten Wolke und Saphira in der Luft wenden und kreisen. Mondstrahl beherrschte sogar schon den Sink- und Stechflug wie ein Drittklässler.

Inzwischen waren sie alle sicher genug, um in ihren Schlafsaal hinaufzufliegen. Aber sie taten es nicht, damit Sturmwind sich nicht ausgeschlossen fühlte.

Am Freitag, als sich alle auf den Weg zur Flugstunde machten, blieb Sturmwind zurück. „Kommst du nicht?“, fragte Wolke.

„Ich habe Rückenschmerzen. Atlas hat gesagt, ich soll mich in meiner Box ausruhen.“ Sturmwind konnte ihr nicht in die Augen sehen.

„Kann dich nicht Atlas oder einer von den Lehrern heilen?“, fragte Saphira überrascht.

„So schlimm ist es auch wieder nicht. Dieser Einhornzauber ist nur für schwere Verletzungen bestimmt. Das wird schon wieder. Ich brauche nur etwas Ruhe. Bis später!“ Sturmwind eilte davon.

„Man merkt gar nicht, dass er Schmerzen hat“, bemerkte Mondstrahl misstrauisch.

„Ich glaube, das hat er sich ausgedacht, damit er nicht zum Fliegen muss“, vermutete Wolke.

„Armer Sturmwind“, schnaubte Saphira. „Er ist wirklich unglücklich, dass das mit dem Fliegen nicht klappt.“

„Aber er wird bestimmt nicht besser, wenn er den Unterricht schwänzt.“ Wolke sah verzweifelt zu den Ställen. „Wir sollten ihm sagen, wie wichtig es ist, dass er mit uns übt.“

„Aber dann kommen wir zu spät“, protestierte Saphira.

„Und dann schimpft Atlas mit uns.“ Auch Mondstrahl sah besorgt aus.

„Das ist mir egal“, wieherte Wolke. „Ich finde, wir sollten mit ihm reden.“ Da die anderen nicht mitkommen wollten, machte sie sich alleine auf den Weg.

Als sie den Hof erreichte, blieb sie überrascht stehen. Sturmwind stand auf der ge-

genüberliegenden Seite und redete mit einem anderen Einhorn. Es war Oriel! ‚Warum spricht Sturmwind mit Oriel?‘, fragte sich Wolke. ‚Oriel tat doch nichts anderes als Sturmwind zu ärgern und zu beschämen.‘

Die beiden hatten ihr den Rücken zugewandt. Sie kam näher und beobachtete, wie Oriel ihm etwas gab. Sie sah nicht, was es war, das Sturmwind gerade in den Mund steckte.

Oriel galoppierte davon.

Sturmwind drehte sich um und bemerkte Wolke. Er sah ausgesprochen schuldbewusst aus.

„Was hat dir Oriel gerade gegeben?", fragte Wolke und kam zu ihm hinüber.

„Das geht dich nichts an!", murmelte Sturmwind. Und bevor sie noch etwas sagen konnte, galoppierte er eilig auf die Ställe zu.

6

„Sturmwind, warte auf mich!" Wolke galoppierte ihm hinterher, aber er war viel schneller als sie. Als sie endlich die Spitze des Turms erreichte, stand Sturmwind schon in seiner Box. Er hatte nichts im Maul, aber Wolke entdeckte einen kleinen Haufen in der Wolke zu seinen Füßen. Wolke schnappte nach Luft.

„Warum bist du davongelaufen? Und was hat dir Oriel gerade gegeben?"

„Ich weiß gar nicht, was du meinst", murmelte Sturmwind. „Oriel hat mir nichts gegeben."

Wolke sah auf den Haufen. „Und was versteckst du dort?"

„Nichts“, erwiderte Sturmwind hastig. „Nein! Warte!“, rief er, als Wolke zu ihm trat und mit dem Vorderhuf ungeduldig den Wolkenhaufen durchwühlte.

Ein silbern glänzendes Hufeisen lag dort.

„Also“, sagte Wolke und sah ihn an. „Was geht hier vor?“

Sturmwind seufzte. „Das ist ein Glückszauber“, gab er unglücklich zu. „Wenn ich ihn heute Nacht beim Schlafen in der Box habe, dann fliege ich morgen besser. Das hat Oriel gesagt.“

Wolke starrte ihn an. „Aber du weißt doch, was Damaris immer betont hat: Wir dürfen keinen Zauber zu Hilfe nehmen. Und warum glaubst du Oriel auch nur ein Wort?“

„Er hat sich bei mir entschuldigt, dass er mich immer wegen meiner Flugprobleme geärgert hat. Er war wirklich nett. Er wollte alles wiedergutmachen und mir helfen.“

Wolke blinzelte. Das war sehr nett von Oriel. „Vielleicht ist er doch nicht so böse. Aber trotzdem darfst du den Zauber nicht benutzen. Das wäre ein großer Fehler.“

Sehnsüchtig sah Sturmwind das glänzende

Hufeisen an. „Und wenn ich es nur ein einziges Mal zu Hilfe nehme und dann lerne, ganz alleine zu fliegen?“ Seine Stimme erstarb. „Du weißt gar nicht, wie schlimm es ist, im Fliegen so schlecht zu sein“, schnaubte er unglücklich.

Er sah so traurig aus, dass Wolke großes Mitleid mit ihm hatte. „Na gut, vielleicht ist es ja einmal nicht so schlimm. Aber du musst versprechen, dass du dann wieder aus eigener Kraft fliegst.“

Sturmwind nickte. „Das verspreche ich.“

Wolke merkte, dass sie zu spät zu ihrer Flugstunde kommen würde. „Ich muss los.“

„Bitte sag den anderen nichts“, bat Sturmwind. „Sie würden mich nur auslachen.“

„Das würden sie ganz bestimmt nicht tun. Aber wenn du es nicht willst, dann sag ich nichts.“

„Danke.“

Als Wolke den Turm hinuntergaloppierte, sah Sturmwind schon wieder viel fröhlicher aus.

Zum Glück hatte sich auch Atlas verspätet. Voller Erleichterung gesellte sich Wolke zu Saphira und Mondstrahl.

„Geht's ihm gut?", fragte Saphira besorgt. Wolke nickte. Sie hätte Saphira und Mondstrahl so gerne von dem Zauber erzählt, aber sie hatte versprochen zu schweigen. „Alles in Ordnung. Morgen kommt er wieder zum Fliegen." Irgendwie hatte sie ein ungutes Gefühl im Bauch. Was würde morgen beim Fliegen passieren?

Beim Frühstück am nächsten Morgen war Sturmwind freudig erregt. „Du bist ja richtig aufgekratzt", bemerkte Saphira.

Sturmwind nickte. „Ich freu mich schon so aufs Fliegen."

Saphira und Mondstrahl blickten sich erstaunt an.

Wolke schluckte. Sie hatte gar kein gutes Gefühl bei der ganzen Sache. Je länger sie darüber nachdachte, umso unwahrscheinlicher erschien es ihr, dass Oriel ihm tatsächlich helfen wollte. Am anderen Ende des Tisches saß Oriel mit seinen drei Freunden Pollux, Diana und Fornax. Oriel flüsterte ihnen etwas zu, und sie kicherten gemeinsam. Wolke fühlte sich immer unbehaglicher.

Nach dem Frühstück machten sich alle Erstklässler auf den Weg zur Flugheide. „Heute wollen wir uns darauf konzentrieren, in der Luft die Geschwindigkeit zu ändern", erklärte ihnen Atlas. „Ihr müsst lernen, zu beschleunigen und dann wieder langsamer zu werden."

Wolke schlüpfte neben Sturmwind und flüsterte: „Viel Glück!"

„Danke." Er sah ihren ängstlichen Gesichtsausdruck und lächelte. „Mach dir keine Sorgen, es funktioniert bestimmt. Ich fühle mich großartig."

Atlas gab den Befehl zum Starten. Wolke spürte einen magischen Schauer und stieß sich mit den Hinterbeinen ab. Sie schoss in die Luft. Ah, wie sie das Fliegen liebte! Sie sah sich nach Sturmwind um.

Sturmwind galoppierte in den Himmel hinauf. Er wirkte selbstbewusst und glücklich. Doch auf einmal begann er zu taumeln.

„Whoa!", schrie er laut, als er kopfüber in der Luft hing. In der nächsten Minute kreiselte er unkontrolliert durch die Luft.

Dann krachte er in Feuerschweif, der erschrocken aufwieherte und nach Luft schnappte, als auch er zu kreiseln begann. „Atlas, Hilfe! Ich kann nicht mehr aufhören!" Er flog in Mondlicht, eine andere Erstklässle-

rin hinein, die sich ebenfalls um sich selbst drehte.

„Was ist nur los mit uns?“, wieherte sie.

Atlas galoppierte in die Lüfte. Währenddessen raste Sturmwind in Topas und Sternenglanz und steckte sie mit seiner Drehkrankheit an.

„Kommt sofort herunter!“ Doch noch während er rief, wurde Atlas von Feuerschweif gerammt und begann ebenfalls zu kreiseln!

Innerhalb weniger Sekunden war der Himmel voller kreiselnder, wiehernder Einhörner!

Wolke gelang es, im Sturzflug zum Boden zurückzukehren, ohne jemanden zu berühren. Plötzlich war ihr völlig klar, was da gerade passierte! Das Hufeisen, das Oriel an Sturmwind weitergegeben hatte, war überhaupt kein Glückszauber! Es war verflucht!

„Hilfe!“, keuchte Saphira von oben.

Wolke bemerkte, dass sie die Einzige von ihnen war, die sich nicht drehte. Am anderen Ende der Heide war noch eine andere Klasse mit älteren Einhörnern beim Unterricht. Wolke galoppierte auf sie zu. Sie musste unbedingt Hilfe holen!

Im Näherkommen sah sie, dass es Drittklässler waren. Oriel und seine Freunde hielten sich abseits von der Gruppe. Sie beobachteten das Chaos unter den Erstklässlern und lachten so heftig, dass sie sich kaum mehr auf den Beinen halten konnten. Wolke starrte sie wütend an. Wie konnte Oriel das nur dem armen Sturmwind antun! Aber sie hatte jetzt keine Zeit für so was. Sie raste zu Fabian, dem Lehrer, einem großen, mageren Einhorn. Er lehrte gerade eine Gruppe Drittklässler den Sturzflug und hatte den Aufruhr am anderen Ende der Heide gar nicht mitbekommen.

„Hilfe!", japste Wolke und schlitterte zu ihm. „Meine Klasse wurde verflucht! Bitte hilf uns!"

7

Sobald Fabian gesehen hatte, was dort passierte, schoss er in die Luft. Sein goldenes Horn funkelte. Er flog hinüber zu den anderen und berührte jedes der kreiselnden Einhörner mit seinem Horn. Dabei murmelte er einen Zauberspruch. Einer nach dem anderen hörte auf, sich zu drehen, und flog zurück zum Boden.

„Vielen Dank!", wieherte Atlas. Er sah sich streng unter den Erstklässlern um. „Wer war schuld an diesem Fluch? Es hätte richtig gefährlich werden können. Jemand hätte hinunterstürzen und sich schwer verletzen können."

Niemand sagte etwas.

„Also?"

Sturmwind trat vor. „Es … Es war meine Schuld“, gestand er.

Atlas sah ihn überrascht an. „Du? Aber warum denn? Dachtest du, es würde ein Riesenspaß werden? War es für dich nur ein Scherz?“

„Nein“, stammelte Sturmwind. „Ich wusste nicht, dass das passieren würde. Ehrlich. Ich wollte nur …“, er zögerte. „Ich habe von jemandem ein verzaubertes Hufeisen bekommen. Ich dachte, es würde mir beim Fliegen helfen. Aber anscheinend war es nicht verzaubert, sondern verflucht.“ Beschämt ließ er den Kopf hängen.

„Sturmwind, du weißt doch, dass du deine Flugfähigkeiten nicht durch einen Zauber verbessern sollst!“, schimpfte Atlas verärgert. „Wer hat dir das Hufeisen gegeben?“

Sturmwind antwortete nicht.

Wolke blickte zu den Drittklässlern hinüber. Oriel sah schuldbewusst aus und versteckte sich im hinteren Teil seiner Klasse.

„Sturmwind, wenn du es nicht sofort sagst, dann gehst du jetzt in deinen Stall und bleibst dort den Rest des Tages. Außerdem darfst du die ganze Woche nicht bei den Spielen mitmachen."

Sturmwind war offensichtlich bestürzt, aber er sagte trotzdem nicht, woher er das Hufeisen hatte.

„Also gut", sagte Atlas kalt. „Geh in deine Box. Ich komme nach der Stunde zu dir." Sturmwind schlich sich unglücklich davon.

Wolke fühlte sich schrecklich. Es war so ungerecht, dass er wegen Oriel solche Schwierigkeiten hatte.

„Gut, wir fahren mit dem Unterricht fort!", sagte Atlas. „Ich denke, wir machen jetzt besser auf dem Boden mit ein bisschen Theorie weiter, damit ihr euch alle erholen könnt.

Ich hoffe, ihr habt heute gelernt, dass ihr niemals einen Zauber beim Fliegen zu Hilfe nehmen dürft."

In der Pause kamen Saphira und Mondstrahl zu Wolke. „Was sollen wir nur tun?" Saphira war äußerst besorgt, als sie sah, dass Atlas zu den Ställen eilte. „Sturmwind bekommt riesige Probleme, wenn er Atlas nicht sagt, wer ihm das Hufeisen gegeben hat."

„Ich verstehe das einfach nicht. Wer würde so etwas Gemeines tun?", fragte sich Mondstrahl.

„Ich gebe euch einen Tipp." Wolke blickte hinüber zu Oriel, der über die Heide zur Schule ging. Gemeinsam mit seinen Freunden kicherte er. Heißer Zorn erfüllte sie, als sie sah, dass er lachte. Es machte Oriel überhaupt nichts aus, dass Sturmwind wegen ihm ausgeschimpft wurde! Auf einmal war es ihr völlig egal, dass die anderen viel größer waren und bereits in die dritte Klasse gingen. Sie trabte zu ihnen hinüber und funkelte Oriel wütend an.

„Du hältst dich wohl für besonders witzig, was?“

Oriel grinste. „Ja, das tu ich tatsächlich.“

Saphira und Mondstrahl kamen dazu, als Wolke wütend mit dem Vorderhuf aufstampfte. „Du hast ihn echt in Schwierigkeiten gebracht.“

Das ältere Einhorn zuckte mit den Schultern. „Selber schuld, wenn er so dumm ist. Hätte er halt das Hufeisen nicht nehmen sollen.“

„Er ist nicht dumm, sondern du bist gemein!“, rief Wolke. „Das hättest du wirklich nicht tun dürfen.“

„Ach, er ist wohl dein Schatz?“, spottete Oriel. Seine Freunde kicherten.

Wolke kümmerte sich nicht darum, sie war viel zu wütend. „Ich finde, du solltest schleunigst hingehen und alles gestehen. Sturmwind wird immer mehr in die Klemme geraten. Er wird nämlich nicht verpetzen, wer ihm das Hufeisen gegeben hat. Du solltest Atlas die Wahrheit sagen."

Oriel sah sie an, als wäre sie verrückt. „Ich gebe gar nichts zu. Was meinst du, was ich da für einen Ärger bekomme!"

Wolke hätte ihn am liebsten mit ihrem Horn gestoßen. „Aber es ist deine Schuld!"

Plötzlich war in Oriels Blick ein durchtriebenes Funkeln. „Also gut. Pass auf. Ich habe eine Idee." Er gab ihr einen Wink, sich von der Gruppe zu entfernen.

Sie folgte ihm zögernd. Was hatte er vor?

„Ich werde alles zugeben", sagte Oriel zu Wolkes großer Überraschung. „Unter einer Bedingung."

„Was?", fragte Wolke misstrauisch.

„Du kommst mit mir zum Pass der Winde und stellst dich dort in der Mitte ganz alleine hin."

„Pass der Winde!“ Wolkes Stimme schwankte.

„Kleiner Feigling, hm?“ Oriel grinste überlegen. „Ich hab gehört, dass du am ersten Tag dort oben vor lauter Angst gar nicht aufrecht stehen konntest.“

„Das stimmt nicht!“, erwiderte Wolke erregt. „Der Wind hat mich umgeworfen.“

„Also gut. Wenn du keine Angst hast, dann kannst du es ja machen.“ Oriel sah sie herausfordernd an.

„Ja“, rief Wolke. „Ich mach das! Aber du musst dafür nachher alles zugeben.“

Oriel nickte. „In Ordnung.“

Ihre Blicke trafen sich.

„Wann gehen wir?“, fragte Wolke mit zusammengebissenen Zähnen.

„Nach dem Mittagessen. Wir treffen uns hier. Und erzähle niemandem davon.“ Lachend galoppierte Oriel zu seinen Freunden.

Mondstrahl und Saphira löcherten Wolke die ganze Mittagspause über mit Fragen, was Oriel denn gesagt hätte. Aber sie weigerte sich, etwas zu erzählen. Sie wollte nicht, dass sie mitkamen und auch noch einen Tadel riskierten.

Nach dem Mittagessen ging sie angeblich in den Schlafsaal hinauf. In Wahrheit aber galoppierte sie über den Hof zur Heide. Ihr war ganz schlecht. Sie wollte absolut nicht zum Pass der Winde.

Oriel wartete schon. „Bist du bereit? Oder hast du es dir anders überlegt?"

Wolke wollte ihm auf keinen Fall zeigen, dass sie Angst hatte. „Natürlich nicht", sagte sie verächtlich. Sie versuchte, ihre zitternde Stimme unter Kontrolle zu bringen. „Also, los!"

Sie trabten in den Wald. Oriel lief voraus auf dem Pfad, der sich nach oben zur Spitze des Berges wand. Als sie sich dem Gipfel näherten, hörte Wolke den Wind durch die Bäume heulen. Bei dem Gedanken daran, wie sie das letzte Mal beinahe in den Abgrund geweht worden war, erschauerte sie. Sie wäre so gerne wieder umgekehrt! ‚Ich tue das für Sturmwind', erinnerte sie sich selbst.

Sie hob die Stimme, um den Wind zu übertönen. „Wo muss ich genau hin?"

„Nur auf den Gipfel des Berges", schnaubte Oriel. „Du musst dich in die Mitte stellen und bis zehn zählen. Dann hast du es geschafft." Er wurde langsamer, als sie das Ende des Pfads erreichten. „Ich warte hier auf dich."

Wolke galoppierte auf den flachen Gipfel. Um sie herum pfiff der Wind. Er riss ihr beinahe die Füße weg. Sie kämpfte sich aber bis zur Mitte der Hochebene vor und zählte bis zehn. „Geschafft!", rief sie und sah sich nach Oriel um.

Aber sie konnte ihn nirgendwo entdecken.

„Oriel!", wieherte Wolke.

Es kam keine Antwort. Wolke stemmte sich gegen den Wind und kehrte zum Pfad zurück. Wohin war Oriel verschwunden? Er war nirgendwo zu sehen.

„Oriel!", rief sie noch einmal.

Oriel sah hinter einem Baum hervor, der weiter unten am Weg stand. „Reingefallen! Jetzt wollen wir doch mal sehen, ob du den Weg zur Schule auch alleine findest!" Er drehte sich um und galoppierte mit wehendem Schweif um die nächste Kurve.

„Nein!", protestierte Wolke. Ohne ihn würde sie niemals zurückfinden! „Komm zurück!"

Ein wieherndes Lachen klang schwach zu ihr herauf, aber Oriel kehrte nicht um. Sie war ganz allein. Der Wind wurde immer stärker.

Voller Angst näherte sich Wolke dem Pfad. Plötzlich wurde sie von einem Windstoß erfasst und auf die Knie gezwungen. Sie taumelte wieder hoch. Der nächste Windstoß war noch stärker und hätte sie beinahe gleich wieder umgeworfen.

Kracks!

Eine Eiche neben ihr bog sich im Wind. Das ohrenbetäubende Krachen kam von dort.

Wolke sprang zurück, als die Eiche aus dem Boden gerissen wurde.

Mit einem splitternden, krachenden Geräusch stürzte sie auf die Seite. Blätter und Zweige wirbelten über dem Pfad in die Luft. Wolkes Herz hämmerte. Das war knapp! Ihre Mähne umwehte sie, als sie vorsichtig auf den Baum zutrat. Er war direkt über den schmalen Pfad gefallen und versperrte den Weg nach unten. Es gab keine Möglichkeit, um ihn herum zu kommen! Und er war so groß, dass sie nicht darüberspringen konnte. In diesem Wind konnte sie auch keinesfalls fliegen.

So versuchte sie, sich neben dem Pfad durch die Büsche zu zwängen. Aber dort waren so viele Dornen, dass sie sich darin verfing. Vorsichtig ging sie rückwärts und zerrte ihre Mähne heraus. Sie kam nicht über den Baum und auch nicht außen herum. Wie sollte sie jemals zurück zur Schule gelangen?

Um sie heulte der Wind. Panik ergriff sie. Sie saß in der Falle!

8

Wolkes scharfe Augen entdeckten etwas Weißes auf der anderen Seite des Baumes.

„Oriel!“, keuchte sie, als er auf sie zukam.

Oriel war schockiert. „Was ist passiert?“

„Die Eiche ist umgefallen“, wieherte Wolke über das Heulen des Windes. „Warum bist du so schnell verschwunden? Ich dachte, du wärst schon wieder unten.“

Oriel sah äußerst schuldbewusst aus, als er durch die Zweige des Baumes spähte. „Ich wollte dir doch nur einen Schreck einjagen. Ich dachte, das wäre lustig. Ich wollte natürlich zurückkommen. Ich hätte dich nie alleine zurückgelassen.“

„Aber jetzt sitze ich hier in der Falle!“, rief Wolke. „Wie soll ich hier nur wegkommen?“

„Ich weiß es nicht“, erwiderte Oriel ratlos. Er versuchte, den Baum mit der Schulter wegzuschieben, aber er war viel zu groß für ihn.

„Ich muss Hilfe holen.“

Wolke wurde immer nervöser. Was würden die Lehrer mit ihr machen? Alle Erstklässler wussten, dass sie nicht alleine zum Pass der Winde steigen durften. Vielleicht würde man sie von der Schule werfen!

Als hätte er ihre Gedanken gelesen, sagte Oriel rasch: „Ich sag den Lehrern nichts. Ich hole meine Freunde zu Hilfe. Schaffst du es so lange alleine?“

Wolke nickte tapfer. „Aber beeil dich!“

„Das mache ich. Halte durch!“ Oriel galoppierte davon.

Es war schrecklich, auf Oriels Rückkehr zu

warten. Wolke lief neben dem Baumstamm auf und ab. Warum war sie nur hierhergekommen? Sie wollte nichts anderes, als in der Schule in Sicherheit und mit ihren Freunden zusammen zu sein. Tränen stiegen ihr in die Augen. Und wenn die Lehrer doch davon erfuhren und sie einfach heimschickten? Was würden ihre Eltern sagen? Und was wäre mit Saphira, Mondstrahl und Sturmwind? Sie würde sie nie mehr wiedersehen. Sie war so schrecklich unglücklich!

‚Sei stark', ermahnte sie sich selbst.

Sie holte tief Atem und nahm all ihren Mut zusammen. Ganz fest dachte sie an Saphira, Mondstrahl und Sturmwind. Wenn sie doch nur bei ihr sein könnten!

Es schien ewig zu dauern, bis sie endlich ein fernes Wiehern hörte. Rasch kehrte sie zur Eiche zurück. Über dem Heulen des Windes hörte sie das Klappern von Hufen.

Und da galoppierte Oriel mit drei anderen Einhörnern auf sie zu.

Wolke traute ihren Augen kaum. Oriel hatte nicht seine Freunde mitgebracht. Stattdessen kamen Saphira, Mondstrahl und Sturmwind!

Sie rasten zu dem Baum.

„Wolke!", wieherten sie.

„Oriel hat uns erzählt, was passiert ist", erklärte Mondstrahl, während er schlitternd zum Stehen kam. „Dass er dich zum Spaß hier heraufgebracht hatte ..."

„Und dass der Baum umfiel und den Rückweg blockierte", keuchte Saphira.

„Meine Freunde haben mir nicht geglaubt", sagte Oriel unglücklich. „Ich habe ihnen alles erzählt, aber sie hielten es für einen Scherz."

„Du warst schon so lange verschwunden", sagte Sturmwind. „Darum glaubten wir Oriel sofort. Besonders als er berichtete, dass du hierherkamst, um mir zu helfen."

Durch die Zweige stupste er Wolke mit der Nase an. „Wir werden dich befreien!"

„Geh zur Seite!", rief ihr Oriel zu. „Wir versuchen jetzt, den Stamm zu bewegen." Gemeinsam drückten sie mit dem Brustkorb gegen den Baum. Er bewegte sich ein paar Zentimeter und blieb dann stecken.

„Er ist zu schwer!", keuchte Oriel.

„Ich brauche mehr Platz", forderte Sturmwind.

Sie ließen ihm mehr Raum, und Sturmwind drückte seine starken Schultern gegen den Stamm.

„Alle gemeinsam!"

Wolke sah besorgt zu.

„Fest!", rief Sturmwind.

Sturmwind spannte seine Muskeln an. Schritt für Schritt kämpfte er sich vorwärts und schob den Baum aus dem Weg, bis Wolke sich daneben vorbeiquetschen konnte.

„Hurra!“, rief sie, als sie die andere Seite des Pfades erreicht hatte.

Die anderen Einhörner hörten auf zu schieben und wieherten erfreut.

Wolke schmiegte sich an Sturmwind. „Vielen Dank, Sturmwind!“

„Ich hab nicht viel getan.“ Sturmwind war gleichzeitig zufrieden und verlegen.

„Ohne dich hätten wir es nicht geschafft“, sagte Oriel. „Was für ein Glück, dass du so groß und stark bist!“

„Du warst großartig“, sagte Wolke.

„Das stimmt.“ Saphira trat vor. „Aber wenn wir uns jetzt nicht beeilen, kommen wir zu spät zum Unterricht. Wie laufen besser zurück, bevor die Lehrer merken, dass wir nicht da sind.“

Als sie zwischen den Bäumen hindurch-

galoppierten, sagte Oriel: „Wenn wir den Rest zurückfliegen, sind wir viel schneller."

„Aber ... aber ich kann nicht fliegen", stammelte Sturmwind.

Wolke sah, dass er Angst hatte. „Ich wette, du kannst es doch. Als du gerade den Baum geschoben hast, warst du ganz erstaunlich."

Sturmwind zögerte.

„Versuch es, Sturmwind!", drängte ihn Saphira.

„Ja, versuch es!", fiel Mondstrahl ein.

„Ich wette, du kannst es", sagte Oriel zu ihm.

In Sturmwinds Blick begann ein Funke Selbstvertrauen zu glühen, als er sie der Reihe nach ansah.

„Also gut, ich werde es versuchen", sagte er mutig.

Sie stellten sich in einer Reihe auf. „Eins! Zwei! Drei!", feuerte Oriel sie an.

Sturmwind stieß sich mit den Hinterbeinen ab und flog neben Wolke. „Du fliegst!“, wieherte sie, als sie in den Himmel aufstiegen.

„Ich fliege!“, keuchte Sturmwind, während er neben ihr wie wild ausschlug. Er sah hinunter. Wolke fürchtete einen schrecklichen Augenblick lang, er würde in Panik geraten. Sie berührte ihn mit ihrem Horn. „Du kannst es“, flüsterte sie.

Ihre Blicke trafen sich. „Ja“, antwortete er entschlossen. „Ich kann es!“

Seite an Seite flogen sie den Berg hinunter. Nachdem sie den Wald hinter sich gelassen hatten, flogen sie über die Heide. Sie landeten und galoppierten auf die Mondscheinwiese.

Oriels Freunde grasten dort gemeinsam. Erstaunt sahen sie auf, als Oriel mit Wolke, Saphira, Mondstrahl und Sturmwind auf die Wiese lief.

„Dann hat es also doch gestimmt“, sagte Diana. „Du hast wirklich Hilfe gebraucht.“

„Wir dachten, du scherzt!“, rief Fornax.

„Tja, es war kein Scherz“, erwiderte Oriel. „Wolke war tatsächlich hinter einem umgefallenen Baum gefangen. Aber Sturmwind ist es gelungen, ihn zu bewegen. Er war fantastisch! Er ist so stark!“

„Ihr habt ja auch dabei geholfen“, entgegnete Sturmwind bescheiden.

„Aber ohne dich hätten wir es nicht geschafft“, wiederholte Oriel.

„Dann hätten wir einen Lehrer holen müssen, und ich hätte riesigen Ärger bekommen“, sagte Wolke. Sie warf Oriel einen bösen Blick zu.

„Es tut mir so leid, Wolke. Ich hätte dich niemals herausfordern sollen. Ich würde es so gerne wiedergutmachen.“

„Na, du könntest zum Beispiel das tun,

was du versprochen hattest." Wolke sah zu Sturmwind hinüber. „Das wäre schon mal ein Anfang ..."

Oriel nickte. „In Ordnung." Er sah Sturmwind direkt ins Gesicht. „Es tut mir leid, dass ich dir das verfluchte Hufeisen gegeben habe. Es war ein dummer Streich. Ich gehe jetzt zu Atlas und sag ihm, dass das alles meine Schuld war."

„Aber dann wirst du große Probleme bekommen", wieherte Sturmwind erschrocken.

„Ich weiß, aber es ist nicht fair, wenn du an meiner Stelle getadelt wirst. Danke, dass du Atlas nicht gesagt hast, dass ich es war. Das war wirklich nett von dir." Er berührte Sturmwinds Hals mit seiner Nase. „Tut mir leid, dass ich dich immer geärgert habe. Es ist toll, dass du so groß bist. Bestimmt gewinnst du bei den nächsten Sporttagen jedes Wettfliegen für das Regenbogenhaus."

Dann blickte er über die Wiese hinüber zu Atlas. „Man sieht sich." Er grinste. „Das heißt, falls ich die Standpauke überlebe, die mir Atlas sicher halten wird."

Er galoppierte auf Atlas zu. Wolke lächelte. Vielleicht war Oriel ja gar kein so schlechter Kerl.

„Kommt, jetzt erzählen wir den anderen vom Regenbogenhaus alles!", sagte Diana. „Sie sollen alle wissen, wie toll Sturmwind war." Fornax und Pollux nickten und trabten davon.

„Alle in der Schule werden davon erfahren, und du wirst ein Held sein", sagte Mondstrahl zu Sturmwind.

„Und denk daran, jetzt kannst du fliegen!", rief Wolke.

Sturmwinds Augen leuchteten. „Ich kann's jetzt, oder? Ich bin das ganze Stück vom Berg heruntergeflogen."

„Und du bist nicht einmal irgendwo angestoßen“, lobte Saphira.

„Es hat mir sogar Spaß gemacht!“, wieherte Sturmwind.

Wolke musste grinsen. Es war einfach toll, dass Sturmwind endlich glücklich war.

„Jetzt können wir gemeinsam durch die Luft sausen“, meinte Mondstrahl.

„Und zu unserem Schlafsaal fliegen“, ergänzte Saphira.

„Und beim Wettfliegen mitmachen“, sagte Wolke.

„Ah, ich bin so gern in der Einhornschule“, verkündete Sturmwind.

Wolke sah ihre Freunde an. Sie ging auch furchtbar gerne zur Einhornschule. Sie hatte in den paar Tagen, seit sie hier war, schon so viel erlebt. Und sie fragte sich, wie viele Abenteuer wohl noch auf sie warteten.

‚Viele‘, dachte das kleine Einhorn mit einem Lächeln.

Sternenfohlen

Der Einhornprinz

1

Wolke trabte über die Wiese auf das Zauberfeld zu. Sie wollte nicht zu spät zum Unterricht kommen. Der Himmel war blau, und ihr goldenes Horn funkelte im Sonnenlicht. In einiger Entfernung entdeckte sie Saphira, eine ihrer besten Freundinnen.

„Saphira! Warte auf mich!“, rief Wolke.

Saphira drehte sich um. Sie war ein ausgesprochen hübsches Einhorn. Ihre Mähne und ihr Schweif reichten fast bis zum Boden. Sie hatte ein schlankes, silbernes Horn und große Augen mit langen, dunklen Wimpern.

Wolke galoppierte zu ihr und begrüßte sie. „Hi!“

„Hallo!“, murmelte Saphira.

Wolke war erstaunt. Ihre Freundin wirkte so traurig. „Alles in Ordnung?“

Saphira erwiderte zwar: „Ja.“ Aber in ihrer Stimme klang eindeutig ein Seufzer mit. Außerdem hatte sie ihre Ohren nicht wie sonst immer fröhlich gespitzt. „Ich habe ein bisschen Heimweh“, gab sie zu.

Wolke stupste sie sanft mit der Nase an. Alle Einhörner in Arkadia kamen mit sieben Jahren ins Internat. Dort lernten sie, ihre magischen Kräfte richtig zu gebrauchen. Wolke und Saphira waren vor einem Monat in die Schule gekommen. Auch Wolke vermisste ihre Mutter, ihren Vater und ihre beiden älteren Brüder. Doch sie ging so gerne in die Einhornschule, dass sie nie lange Heimweh hatte. Saphira aber war anders. Es gab Tage, an denen sie unbedingt bei ihren sechs Brüdern und Schwestern daheim sein wollte.

„Ich hab gerade an meinen Geburtstag nächsten Sonntag gedacht“, erklärte sie. „Es wird schrecklich ungewohnt sein, diesen Tag nicht zu Hause zu verbringen. Wenn bei uns jemand Geburtstag hat, dann veranstalten die anderen etwas ganz Besonderes für ihn! Jeder führt Zauberkunststücke vor, und es gibt eine große Geburtstagstorte. Das ist immer ein Riesenspaß.“ Sie schüttelte den Kopf. „Mach dir keine Sorgen, Wolke. Mein Geburtstag wird bestimmt sehr schön. Los jetzt! Wenn wir uns nicht beeilen, kommen wir zu spät in die Zauberstunde.“ Sie sauste los, und Wolke hatte das Gefühl, als ob sie nicht mehr darüber reden wollte.

Wolke galoppierte neben ihr. Sie fand die Vorstellung schrecklich, dass Saphira an ihrem Geburtstag traurig sein könnte. ‚Wenn ich nur etwas dagegen tun könnte‘, dachte sie. ‚Aber was?‘

Sturmwind und Mondstrahl, die besten Freunde von Wolke und Saphira, waren bereits bei den anderen Erstklässlern auf dem Zauberfeld. Alle Schüler in der Einhornschule gehörten zu einem der vier Häuser: Regenbogenhaus, Sternenhaus, Mondhaus und Sonnenhaus. Sturmwind, Mondstrahl, Wolke und Saphira waren im Regenbogenhaus. Sie waren beim Essen zusammen und schliefen im selben Stall. Den Unterricht besuchten sie mit allen Erstklässlern, auch mit denen aus den anderen drei Häusern.

„Hi!“, wieherte Sturmwind, als Wolke und Saphira im leichten Galopp zu ihm kamen. Er war ein großes Einhorn mit einem perlmuttfarbenen Horn und einer geraden Nase. Mähne und Schweif waren dicht und dunkel. Wolke, die für ihre sieben Jahre sehr klein war, wirkte neben ihm winzig.

„Habt ihr gehört, dass wir heute einen

neuen Zauber ausprobieren?“, fragte Mondstrahl, ein gut aussehendes, sportliches Einhorn. „Wenn man im Besitz dieses Zaubers ist, fühlt man sich ganz mutig.“

„Das wird bestimmt toll“, sagte Wolke. Sie sah Saphira an, aber die war tief in Gedanken versunken. Wolke fragte sich, ob sie immer noch über ihren Geburtstag nachdachte.

‚Vielleicht können Mondstrahl und Sturmwind mir helfen. Gemeinsam könnten wir uns etwas für ihren Geburtstag ausdenken.‘

In diesem Moment kam Damaris, die Zauberlehrerin, auf das Feld getrabt. „Hallo zusammen“, sagte sie und lächelte sie an. „Heute zeige ich euch, wie man sich Mut herbeizaubert.“ Aufgeregtes Gemurmel erklang unter den Erstklässlern. „Stellt euch bitte paarweise auf!“

Wolke stellte sich neben Saphira und Mondstrahl neben Sturmwind.

Damaris gab jedem Paar zwei silberne Herzen und erklärte, wie man damit Mut zaubern konnte.

„Winde ein Haar aus deiner Mähne um das Herz. Berühre es dreimal mit deinem Horn, und denke dabei jedes Mal an eine mutige Tat. Dann sprich: ‚Sei mutig. Sei stark. Sei tapfer.' Wenn das Herz rot glüht, weißt du, dass es funktioniert hat."

Wolke war im Zaubern sehr geschickt. Bald begann ihr Herz, mattrot zu leuchten. Aber es war nichts gegen Mondstrahls beeindruckende Vorstellung! Sein Herz glühte wie ein rotes Licht.

„Sehr gut", lobte Damaris. „Du hast anscheinend an besonders mutige Taten gedacht." Sie ging weiter durch die Klasse.

„Was hast du dir denn vorgestellt?", fragte Saphira.

„Ich hab an meinen Vater gedacht, als er

noch jünger war. Er hat viele mutige Taten vollbracht, ehe er ..." Mondstrahl hielt plötzlich inne.

„Ehe er was?", fragte Wolke neugierig. Mondstrahl hatte keine Geschwister, und

auch von seinen Eltern hatte er eigentlich noch nicht viel erzählt.

„Ach nichts“, murmelte Mondstrahl auffallend nervös. „Schau, Sturmwind. Dein Herz glüht schon!“, versuchte er abzulenken.

„Hey, das stimmt!“, freute sich Sturmwind.

„Sehr gut!“, lobte Saphira und rieb ihre Nase an ihm. Dann seufzte sie: „Ich geh mal besser zu Damaris und zeig ihr mein Herz. Es glüht überhaupt nicht.“ Sie eilte zur Lehrerin.

Sturmwind schnaubte. „Habt ihr gewusst, dass Saphira nächsten Sonntag Geburtstag hat?“

Wolke und Mondstrahl nickten.

„Sie ist traurig, dass sie an ihrem Geburtstag nicht zu Hause sein kann“, sagte Wolke. „Normalerweise überlegen sich ihre Geschwister eine Überraschung für sie, bei der alle Zaubertricks vorführen. Außerdem gibt es eine riesige Geburtstagstorte.“

„Arme Saphira“, sagte Mondstrahl voller Mitgefühl.

„Wirklich schade, dass ihre Geschwister nicht kommen können, um mit ihr zu feiern“, sagte Sturmwind.

Wolke starrte ihn an. Sturmwind hatte sie auf eine großartige Idee gebracht! „Sie können nicht kommen, aber wir sind doch hier! Warum bereiten nicht einfach wir eine Überraschung für sie vor?“

„Aber ja!“, rief Sturmwind.

„Das wäre echt cool“, meinte Mondstrahl.

„Wir organisieren eine Überraschungsparty für sie. Wir können proben, wenn Saphira zum Treffen des Rosenquarz-Clubs geht.“

„Gute Idee“, stimmten die anderen zu. Saphira war kürzlich in den Rosenquarz-Club eingetreten, wo sie die besondere Einhornfähigkeit trainierte, andere Menschen und Plätze zu sehen.

Da kam Saphira zurückgetrabt. „Ich habe nicht an drei verschiedene Heldentaten gedacht, sondern nur an zwei!“, erzählte sie erleichtert.

Sie ging zu ihrem Herz, um es noch mal zu versuchen.

Wolke, Mondstrahl und Sturmwind sahen sich aufgeregt an. Eine Überraschungsparty! Sie konnten es gar nicht erwarten, dass Saphira zu ihrem Treffen ging, damit sie endlich alles planen konnten. Das würde ein Riesenspaß werden!

2

Nach der Zauberstunde lief Wolke mit den anderen zur Flugheide. Atlas, ihr Fluglehrer, hatte aufregende Neuigkeiten für sie: „Nächsten Sonntag findet das monatliche Wettfliegen statt."

„Das ist an meinem Geburtstag", flüsterte Saphira Wolke zu.

„Ich hab davon gehört", sagte Mondstrahl eifrig. „Es gibt jeden Monat ein Wettfliegen, und der Gewinner bekommt eine Medaille, oder?"

Atlas nickte.

„Kann jeder mitmachen?", fragte Mondlicht aus dem Sternenhaus.

„Nein, es gibt eine Vorrunde“, erklärte Atlas. „Die Einhörner, die in der Vorrunde als Erster, Zweiter oder Dritter durchs Ziel kommen, dürfen beim Wettfliegen teilnehmen. Normalerweise dürfen nur die älteren Einhörner bei der Ausscheidung mitmachen. Für ein sehr gutes, junges Einhorn würden sie aber bestimmt eine Ausnahme machen.“ Er sah sie der Reihe nach an. „Diesen Monat ist meiner Meinung nach einer von euch gut genug.“

„Wer?“, fragten sie gespannt.

„Mondstrahl“, verkündete Atlas.

Mondstrahl wieherte vor Freude. „Ich?“

Wolke, Saphira und Sturmwind sahen sich fröhlich an. Mondstrahl war wirklich der Beste von ihnen beim Fliegen. Die meisten Einhörner lernten das Fliegen erst in der Schule. Aber Mondstrahl konnte es schon von zu Hause.

„Du bist beim Fliegen äußerst schnell und ausdauernd“, sagte Atlas. „Wenn du bei der Ausscheidung morgen mitmachen willst, darfst du das gerne tun.“

„Ja, bitte!“, rief Mondstrahl. „Mein Vater hat mir viel von den Wettkämpfen seiner Schulzeit erzählt. Er hat sie immer gewonnen.“

Atlas lächelte ihm zu. „Dann komm morgen um zehn Uhr auf die Flugheide.“ Es sah die anderen an. „Ihr seid alle herzlich eingeladen. Wer kommt, darf zusehen und anfeuern. So, und jetzt beginnen wir den heutigen Unterricht. Wir wollen den Sturzflug und den Sinkflug üben. Stellt euch bitte in einer Reihe auf.“

Während Ordnung in die Klasse kam, drehte sich Wolke zu Mondstrahl um. „Das sind großartige Neuigkeiten!“

„Danke schön!“, erwiderte Mondstrahl.

„Du bist der einzige Erstklässler in der Auswahlrunde“, sagte Sturmwind voller Ehrfurcht. „Das ist unglaublich!“

„Danke“, sagte Mondstrahl selbstgefällig. „Ich bin beim Fliegen wirklich toll, oder?“

„Und so bescheiden!“ Wolke stieß ihn kräftig mit ihrem Horn an.

„Oh!“, schnaubte Mondstrahl beschämt. „Ist ja gut. Es tut mir leid. Das klang wohl gerade ein bisschen eingebildet.“

Wolke grinste ihm zu. Mondstrahl war manchmal ein Angeber, wenn es um Sport und Fliegen ging. Aber normalerweise merkte er es und entschuldigte sich dafür. „Ich wette, du schaffst es ins Wettfliegen. Du wirst bestimmt gut abschneiden.“

Er sah sie dankbar an. „Nett von dir, Wolke.“

„Ruhe!“, rief Atlas. „Wir fangen an!“

Atlas ließ sie richtig hoch hinauffliegen.

Anschließend übten sie, im Sturzflug so schnell wie möglich zum Boden zurückzukehren. Es war die letzte Unterrichtsstunde des Tages. Danach trabte Saphira zur ihrem Rosenquarz-Club.

„Kommt jetzt. Wir brauchen einen Plan für die Party“, sagte Wolke zu Sturmwind und Mondstrahl. Sie suchten sich auf der Mondscheinwiese eine ruhige Ecke und sprachen über Saphiras Geburtstag. Gleichzeitig naschten sie von dem saftigen, grünen Gras.

„Meine Mutter schickt bestimmt eine Torte, wenn ich sie darum bitte“, sagte Mondstrahl und raschelte mit dem Schweif. „Ich sage ihr, sie soll eine richtig große mit drei Schichten und weißem und rosafarbenem Zuckerguss einpacken. Obendrauf soll ein Einhorn aus Zucker sein, das Saphira ähnlich sieht. Und außerdem brauchen wir natürlich acht Kerzen.“

„Das klingt aber sehr kompliziert“, meinte Sturmwind.

„Ach, mach dir deswegen keine Sorgen. Das lässt sie einen unserer Elfen backen“, entgegnete Mondstrahl sorglos.

„Einen eurer Elfen?“, wiederholte Wolke stirnrunzelnd. Nur ganz wenige, äußerst einflussreiche Einhörner hatten Elfen, die für sie arbeiteten. Zum Beispiel die Mitglieder des Einhornrates, die Arkadia regierten.

„Deine Eltern haben wirklich Elfen?“, fragte Sturmwind.

Mondstrahl wirkte nervös. „Ja“, sagte er.

Wolke und Sturmwind sahen ihn überrascht an.

„Das ist doch nichts Besonderes“, murmelte Mondstrahl. Offensichtlich wünschte er sich, er hätte nichts gesagt.

„Dann gehören deine Eltern zum Einhornrat?“, fragte Wolke neugierig.

„Nein“, antwortete er schnell. „Also, eigentlich wollten wir doch über Saphiras Geburtstag sprechen, oder? Was ist mit der Party? Was können wir aufführen?“

Offensichtlich wollte er das Thema wechseln. Wolke zögerte einen Moment. Dann beschloss sie, ihn nicht weiter zu bedrängen. „Schon gut, ich dachte, wir könnten Zaubertricks vorführen, so wie es ihre Geschwister immer machen. Ich werde mit meinem Horn Sterne in allen Regenbogenfarben zaubern.“

Denn Wolke konnte ganz wunderbare Sterne herbeizaubern.

„Das klingt großartig! Und ich könnte eine Flugshow machen“, sagte Mondstrahl. Wolke stupste ihn mit dem Horn an, bevor er wieder prahlen konnte. „Aua“, sagte er gekränkt. „Ich will mit der Flugshow nicht angeben. Ich könnte mit Purzelbäumen und Sturzflügen ‚Herzlichen Glückwunsch zum

Geburtstag, Saphira!‘ in den Himmel zeichnen.“

Wolke bereute, dass sie ihn gestoßen hatte. „Das ist wirklich eine super Idee!“, sagte sie begeistert. „Ich wette, das wird ihr gefallen.“

„Und was kann ich tun?“, fragte Sturmwind. Wolke dachte einen Moment nach. Sturmwind hatte ungewöhnlich viel Kraft. Aber konnte man das für eine Partynummer brauchen? Was konnte er sonst noch besonders gut? Plötzlich fiel ihr ein, wie geschickt er mit Wasser zaubern konnte. In der Schule lernten die Einhörner, wie man Wasser reinigte. Aber Sturmwind konnte außerdem die Farbe des Wassers verändern.

„Ich weiß etwas!“, rief sie. „Warum führst du nicht einen Wasserzauber vor?“

„Sehr gut“, sagte Sturmwind eifrig. „Wir könnten die Party ja am Strand veranstalten.

Dann kann ich in einem der kleinen Teiche zwischen den Felsen die Farbe verändern."

„Los, das üben wir gleich!", rief Mondstrahl.

Und schon fingen sie an. Bald schlug Mondstrahl hoch in der Luft Purzelbäume und schoss in den wagemutigsten Sturzflügen hinunter, die Wolke je gesehen hatte. Er überlegte sich eine Abfolge, mit der er ‚Herzlichen Glückwunsch zum Geburtstag, Saphira!' schreiben konnte.

Wolke zau-

berte Sterne in allen Farben des Regenbogens herbei. Sie übte und übte. Ganz in der Nähe verwandelte Sturmwind das Wasser in einem Silbertrog in alle Farben des Regenbogens.

„Es wäre doch toll, wenn wir alle gleichzeitig zaubern würden!", rief Wolke. Sie zauberte lilafarbene Sterne, während Sturmwind zur selben Zeit das Wasser lila färbte.

„Wir müssten zwar viel dafür üben, aber es würde ihr bestimmt sehr gefallen. Wir können ja immer proben, wenn Saphira in ihrem Club ist."

Die anderen beiden nickten. In dem Moment kam der Oberelf auf die Wiese und blies einen langen Ton auf seinem großen, weißen Muschelhorn. Elfen kamen geschäftig durch das goldene Tor und trugen die Tische herbei. Andere Elfen

brachten Eimer, die mit Kleie, Äpfeln, Hafer und Karotten gefüllt waren. Jeder Tisch hatte runde Löcher; in diese Aussparungen wurden die Eimer für die Einhornschüler gestellt.

„Es gibt Essen!“, sagte Wolke zu Sturmwind und Mondstrahl. „Schnell, kommt!“

Sie steuerten hinüber zum Tisch vom Regenbogenhaus. Gerade als sie dort ankamen, trabte Saphira mit ihren Freunden aus dem Rosenquarz-Club auf die Wiese.

„Hallo!“ Saphira schlüpfte auf ihren Platz neben Wolke.

„Wie war's?“, fragte Wolke.

„Es war toll!“ Saphira war begeistert. „Ich habe in ein Stück Rosenquarz hineingeschaut. Mithilfe meiner magischen Kräfte ist es mir gelungen, unser Haus und meine Eltern zu sehen! Und was habt ihr gemacht?“

„Ach, nichts Besonderes“, antwortete Wolke schnell. Sie musste heimlich grinsen.

Wenn Saphira wüsste, dass sie eine Geburtstagsüberraschung für sie vorbereitet hatten!

Das Essen schmeckte köstlich. Mondstrahl bat um eine zweite und eine dritte Portion.

„Wenn du noch mehr isst, bist du morgen zu schwer zum Fliegen“, neckte ihn Wolke.

Mondstrahl gab ihr keine Antwort, sondern verschlang auch noch den letzten Apfel aus ihrer Schüssel.

Als sie verärgert schnaubte, sah er sie nur selbstgefällig an.

„Gut, dann komme ich morgen eben nicht, um dich anzufeuern“, erklärte sie scheinbar eingeschnappt.

Mondstrahl grinste sie an. Aber als sie weiterhin beleidigt schaute, wurde er ganz besorgt. „Das meinst du nicht ernst, oder? Du bist mir doch nicht wirklich böse? Du kommst doch, oder?“

„Natürlich komme ich, du Dummkopf“, sagte sie und stupste ihn mit dem Kopf an.

„Wir kommen alle“, versprach Saphira.

„Wir wollen das Wettfliegen auf keinen Fall verpassen“, bestätigte Sturmwind.

„Ich bin schon ganz nervös“, gab Mondstrahl zu. „Ich möchte unbedingt gut abschneiden. Mein Vater hat zu seiner Zeit jedes der monatlichen Wettfliegen gewonnen. Er war das schnellste Einhorn der Schule. Ich hoffe, ich komme durch die Ausscheidungsrunde.“

Wolke berührte ihn sanft. „Das schaffst du auf jeden Fall. Ich bin mir ganz sicher.“

3

Am folgenden Morgen versammelten sich fast alle Einhornschüler auf der Flugheide, um die Vorrunde zu sehen. Es war ein flaches Gebiet mit kurzem Gras und vereinzelten Bäumen und Dornenbüschen. Wolke stand mit Sturmwind und Saphira am Rand. „Ich hoffe so sehr, dass er seine Sache gut macht.“ Sie neckten sich zwar oft mit Mondstrahl, aber sie wünschte ihm für die Vorrunde das Allerbeste. Sie war beinahe so aufgeregt, als ob sie gleich selber hätte antreten müssen!

Saphira schnaubte besorgt. „Falls er es nicht ins Wettfliegen schafft, wird er sich furchtbar aufregen. Du hast ja gehört, dass sein Vater immer gewonnen hat."

„Er schafft das schon. Ich bin mir ganz sicher", sagte Wolke entschieden.

Atlas brachte alle Einhörner, die teilnahmen, auf die Heide.

Mondstrahl war das kleinste Einhorn, aber er hielt seinen Kopf stolz erhoben. Als er so neben den älteren Einhörnern ging, hob er seine Vorderbeine ganz besonders hoch.

„Was hat er denn da um den Hals?", fragte Wolke. Er trug eine Art Schärpe aus drei bunten Bändern — blau, gold und rot —, die miteinander verflochten waren.

„Das ist sein Glücksbringer", erklärte Sturmwind. „Er hat mir gestern davon erzählt. Er hat ihn von seiner Mutter bekommen und trägt ihn immer, wenn er etwas Wichtiges vorhat. Es ist kein Zauber, aber bringt ihm trotzdem Glück."

Wolke bemerkte, dass auch andere Einhörner Schleifen um den Hals oder in Mähne und Schweif gebunden hatten. „Ich hoffe so, dass er ihm wirklich hilft."

Atlas führte die Teilnehmer zum Start, wo eine goldene Kette zwischen zwei Bäumen hing. Der Oberelf stand dort mit einem Horn aus Bronze. In jeder Runde mussten sich die Teilnehmer hinter der Kette aufstellen. Sobald der Elf auf dem Horn blies, mussten sie über die Kette und um zwei Bäume herum fliegen. Anschließend sausten sie so schnell wie möglich zum anderen Ende der Heide. Insgesamt gab es vier Vorrunden. Mondstrahl war in der zweiten Gruppe. Während der ersten Runde wartete er nervös. Wolke, Saphira und Sturmwind feuerten die Einhörner an, die sie am besten kannten. Sie freuten sich, dass Jupiter, ein Sechstklässler aus dem Regenbogenhaus, mühelos gewann.

Dann musste sich Mondstrahl aufstellen. Er stand zwischen zwei Fünftklässlern aus dem Mondhaus, Astor und Smaragd. Wolke erkannte außerdem den Drittklässler Pollux aus ihrem Haus sowie Sonnenstrahl und Silberschweif, zwei Sechstklässler aus dem Sternenhaus.

‚Hoffentlich schneidet Mondstrahl gut ab', dachte Wolke und schlug nervös mit dem Schweif. ‚Bitte, bitte, bitte!'

Mondstrahl sah zu ihnen hinüber. „Viel Glück!", wieherten sie alle so laut sie konnten.

„Seid ihr alle bereit?", fragte Atlas. Er wartete, bis alle Einhörner hinter der Kette zur Ruhe gekommen waren. Dann nickte er dem Elf zu. Der Elf hob das Horn an die Lippen, blies das Signal, und die Einhörner in Mondstrahls Runde zischten los.

„Mondstrahl! Mondstrahl!", feuerte

Sturmwind ihn an, als die Einhörner in den blauen Himmel aufstiegen.

Silberschweif ging in Führung. Dicht hinter ihr war Sonnenstrahl, und dann kam auch schon Mondstrahl. Astor und Pollux versuchten, ihn zu überholen. Aber Mondstrahl

streckte den Hals nach vorne und galoppierte noch schneller, als er um die Bäume raste. Er erreichte Sonnenstrahl, überholte ihn und näherte sich Silberschweif, während schon die Ziellinie in Sicht kam.

Wolke trabte aufgeregt auf der Stelle. „Er wird gewinnen“, wieherte sie, als er Silberschweif einholte. Rasch näherten sie sich dem Ziel. Aber weder Silberschweif noch Sonnenstrahl wollten sich geschlagen geben. Sie wurden noch schneller. Eine Minute lang flogen sie alle drei Kopf an Kopf. Doch dann schoben sich Silberschweif und Sonnenstrahl vor. Silberschweif stieß ihre Schnauze nach vorne und raste vor Sonnenstrahl über die Ziellinie. Mondstrahl wurde damit Dritter.

„Er ist im Finale!“, jubelte Saphira.

„Schnell zu ihm, damit wir ihm gratulieren können!“, rief Wolke.

Die drei galoppierten zu der Stelle, wo die

Einhörner gerade auf dem Boden landeten. Ihre Flanken hoben und senkten sich vor Anstrengung und waren feucht vom Schweiß.

„Das war fantastisch!", wieherte Wolke.

„Du bist im Finale!", rief Sturmwind.

Mondstrahl hob den Kopf. Zu ihrer Überraschung sah er ausgesprochen enttäuscht aus. „Ich bin nur Dritter", keuchte er.

„Aber du hast dich qualifiziert", sagte Wolke.

Saphira nickte. „Und alle anderen Einhörner waren viel älter als du."

„Du hast das wirklich toll gemacht", bekräftigte Sturmwind.

„Nein, das stimmt nicht. Ich habe nicht gewonnen", erwiderte Mondstrahl.

„Gut gemacht!", rief Atlas. „Geht jetzt bitte auf die Seite, damit wir die nächste Runde starten können."

Sie sahen auch bei den anderen beiden

Runden zu. Aber Mondstrahl wurde nicht fröhlicher, selbst als er wieder ruhiger atmete. Wolke konnte gar nicht verstehen, warum er sich über seinen dritten Platz nicht freute.

Nach der letzten Vorrunde sorgte der Elf mit seinem Horn für Ruhe. Atlas ergriff das Wort: „Alle Teilnehmer haben ihre Sache sehr gut gemacht. Das Trihorn wird jetzt all denen eine Urkunde überreichen, die sich für das Wettfliegen am nächsten Sonntag qualifiziert haben."

„Das Trihorn!", flüsterte Wolke voller Ehrfurcht. Das Trihorn war der Direktor der Schule. Er war ein sehr altes, weißes Einhorn. Sein Horn war in drei Farben gestreift: Gold, Silber und Bronze.

Der Oberelf blies eine Fanfare auf dem Horn, und Das Trihorn schritt auf die Flugheide. Ihm folgte ein Elf, der ein Tablett aus Perlmutt trug. Darauf lagen zwölf Papierrollen mit goldenen, silbernen oder bronzenen Schleifen.

Das Trihorn blieb bei Atlas stehen und sah die wartenden Einhörner mit seinen weisen, dunklen Augen an. „Ich gratuliere euch allen. Jetzt bitte ich die Gewinner, zu mir zu kommen und ihre Urkunde in Empfang zu nehmen. Erste Runde: Jupiter Erster, Azur Zweiter, Oriel Dritter!“

Die drei traten stolz vor. Jupiter erhielt eine Urkunde mit goldener Schleife, Azur mit silberner und Oriel mit bronzefarbener Schleife. Sie wirkten alle sehr zufrieden.

Die zweite Runde wurde aufgerufen, und nun war Mondstrahl an der Reihe, seine Urkunde mit der Bronzeschleife abzuholen. Zögernd und mit hängendem Kopf trat er zu Dem Trihorn. Er murmelte nur einen kurzen Dank. Wolke sah, wie Das Trihorn ihn überrascht anblickte.

Niedergeschlagen kehrte Mondstrahl an seinen Platz zurück.

„Gut gemacht!“, flüsterte ihm Wolke zu, während die Gewinner der letzten beiden Runden geehrt wurden.

„Es ist nur Bronze. Was ist schon ein dritter Platz?“, fragte Mondstrahl unglücklich.

„Es ist gut“, versuchte ihn Sturmwind zu überzeugen.

Mondstrahl schob ihm seine Urkunde zu. „Da, nimm du sie, wenn du sie so toll findest.“

„Mondstrahl“, sagte Sturmwind überrascht. „Sie gehört dir!“

„Tja, aber ich will sie nicht!“ Mondstrahl schleuderte die Urkunde auf den Boden und stampfte mit seinem Vorderhuf wütend darauf herum. „Dritter! So was Blödes! Mein Vater wäre Erster geworden!“

„Mondstrahl!“, rief Wolke. Sie sah sich um

und bemerkte mit Entsetzen, dass Das Trihorn alles beobachtet hatte. Und schon kam er mit finsterer Miene auf sie zu. „Oh nein!“, murmelte sie bestürzt. „Jetzt bekommst du Ärger!“

„Mondstrahl!“

Mondstrahl schnellte herum.

„Wieso hast du das getan?“, fragte Das Trihorn.

Mondstrahl stammelte verlegen „Ich … äh …“

„Also?“

„Ich habe die Urkunde auf den Boden geworfen, weil ich nur Bronze bekommen habe“, gab Mondstrahl kleinlaut zu. „Ich wollte Gold gewinnen.“

Das Trihorn schüttelte sein Haupt. „Mondstrahl, ich bin sehr enttäuscht von dir. Es geht hier nicht ums Gewinnen. Die Hauptsache ist, dass jeder, der mitmacht, sein Bestes gibt.

Du solltest stolz sein auf deine Leistung, anstatt zu schmollen, dass du nicht der Erste geworden bist. Ich erwarte von jedem hier an der Einhornschule gutes Benehmen. Gerade jemand von deiner Abstammung sollte mehr Würde und weniger Torheit zeigen. Dein Vater wäre ebenfalls sehr enttäuscht. Jetzt nimm deine Urkunde und lass dich nicht mehr bei einer solchen Dummheit erwischen."

Das Trihorn drehte sich um und schritt majestätisch davon.

Langsam hob Mondstrahl seine Urkunde auf.

Saphira sah ihn besorgt an. „Alles klar?"

Er murmelte „Ja", sah aber sehr verstört aus.

„Was hat Das Trihorn mit deiner Abstammung gemeint?", fragte Sturmwind neugierig.

„Was weiß ich", wehrte Mondstrahl hastig ab.

„Es klang, als wärst du etwas Besonderes“, meinte Wolke.

„Ich? Etwas Besonderes? Nein, nein!“, stammelte Mondstrahl. „Ich bin ganz normal. Ich ... ich bin wie ihr alle.“

Wolke zögerte. Er benahm sich so seltsam. „Was ist los, Mondstrahl? Verheimlichst du uns etwas?“

„Nein! Hört bitte mit diesen ewigen Fragen auf, und lasst mich in Ruhe!“ Er stampfte zornig mit seinen Vorderhufen auf. Verblüfft sahen sie ihm nach, wie er davongaloppierte.

4

„Warte, Mondstrahl!“, rief Wolke. Gemeinsam mit den anderen eilte sie ihm nach. Nach der Vorrunde wimmelte es von Einhörnern, so dass Mondstrahl nur langsam vorwärtskam. Schnell hatten sie ihn eingeholt.

„Warum bist du davongelaufen?“, fragte ihn Saphira.

„Ich wollte dich nicht ärgern!“, rief Wolke.

Einen Augenblick schien es, als wollte Mondstrahl etwas sagen, aber dann seufzte er nur. „Tut mir leid, dass ich so abgerauscht bin. Ich war wegen des Tadels so außer mir. Kommt, laufen wir zur Mondscheinwiese. Es gibt bald Mittagessen!“

Sturmwind und Saphira nickten bloß, aber Wolke ließ nicht locker.

„Ist wirklich alles in Ordnung?“

„Ja“, sagte er nochmals. Er sah sie flehend an. „Können wir das Ganze nicht einfach vergessen? Bitte, Wolke!“

Er sah so unglücklich aus, dass Wolke nickte. „Gut, dann gehen wir jetzt auf die Wiese.“

‚Wahrscheinlich ist es nichts Wichtiges, sonst würde er es uns bestimmt sagen‘, dachte sie, während sie den Klippenpfad hinunterstiegen. ‚Wir sind doch seine besten Freunde!‘

„Was machen wir nach dem Mittagessen?“, fragte Sturmwind.

„Also ich treffe mich um 15 Uhr mit Topas“, antwortete Saphira. „Wir wollen zu den Rosenquarzklippen. Da drüben ist Topas, ich frage sie schnell, ob unsere Verabredung noch gilt.“

Sie trabte davon.

Wolke wandte sich den anderen zu. „Sollen wir wieder für unsere Geburtstagsüberraschung üben, wenn Saphira heute Nachmittag weg ist?“

„Na klar!“, antworteten die beiden eifrig.

Nach dem Mittagessen trabte Sturmwind mit Mondstrahl hinauf zu den Ställen, während Wolke und Saphira gemeinsam zum Strand liefen. „Glaubst du, dass mit Mondstrahl wirklich alles in Ordnung ist?“, fragte Wolke. Das Wasser im Meer des Schweigens funkelte, als sie mit den Hufen durchplatschten. „Wirklich seltsam, wie er heute Morgen davongelaufen ist.“

„Wahrscheinlich war er zerknirscht nach dem Tadel von Dem Trihorn“, erwiderte Saphira.

„Schon möglich.“ Wolke spitzte die Ohren.

„Du glaubst also nicht, dass er uns etwas verheimlicht?“

„Warum sollte er? Wir sind seine Freunde. Er hat bestimmt kein Geheimnis vor uns“, sagte Saphira voller Überzeugung.

Wolke musste zugeben, dass es sehr unwahrscheinlich war.

Sie blickte auf das ruhige Meer. „Komm! Lass uns durchs Wasser galoppieren!“

Um 15 Uhr wurde Saphira von Topas abgeholt, und Wolke kehrte auf die Mondscheinwiese zurück. Sturmwind wartete schon auf sie, aber Mondstrahl war nirgendwo zu sehen.

„Wo er wohl steckt?“, fragte Wolke, nachdem sie einige Minuten gewartet hatten. „Er wird doch nicht zum Fliegen gegangen sein und unsere Verabredung vergessen haben?“

„Ich weiß es nicht“, sagte Sturmwind.

„Vorhin wollte er eigentlich das Starten fürs Wettfliegen üben. Aber als er sich auf den Weg machte, brachte ihm einer der Elfen eine Nachricht. Ich fragte ihn danach, aber er sagte, es sei nichts Wichtiges."

„Ich fürchte, wir müssen ohne ihn anfangen", meinte Wolke.

„Bestimmt kommt er bald", entgegnete Sturmwind.

Aber Mondstrahl kam nicht. Wolke wurde immer ärgerlicher. Wie konnte er es nur vergessen! Sie war so wütend, dass ihr die Zaubertricks misslangen. Die Sterne hatten nicht die richtige Form. Außerdem schaffte sie nur Blau und nicht alle Farben des Regenbogens.

„Ach, das hat doch keinen Sinn!" Nach einer halben Stunde stampfte sie mit den Hufen auf. „Wo ist Mondstrahl?"

Noch während sie sprach, kam Mondstrahl über die Wiese auf sie zu galoppiert.

„Tut mir wirklich leid, dass ich zu spät bin“, keuchte er.

„Wo warst du denn? Beim Fliegen?“, fragte Wolke.

„Natürlich nicht“, sagte Mondstrahl entrüstet. „Ich geh doch nicht zum Fliegen, wenn ich mit euch verabredet bin.“

„Was hast du dann gemacht?“, fragte Sturmwind.

Mondstrahl öffnete den Mund und schloss ihn dann wieder. „Das ... das kann ich nicht sagen.“

„Das kannst du nicht sagen?“ Wolke stampfte zornig auf. „Wie meinst du das?“

„Ich ... ich kann es einfach nicht sagen.“

Wolke drehte ihm den Rücken zu. Er konnte nicht einmal sagen, warum er sich verspätet hatte!

„Bitte seid nicht böse.“ Mondstrahl scharrte besorgt mit den Hufen.

Wolke antwortete nicht.

Mondstrahl seufzte. „Also gut. Ich erzähl es euch, aber ihr dürft es niemandem weitersagen. Außer Saphira vielleicht."

Wolkes Neugier war stärker als ihr Ärger. Sie drehte sich zu ihm um. „Also, warum hast du dich verspätet?"

„Es ist wegen meiner Familie." Mondstrahl holte tief Luft. „Es ist so, ich hab euch da et-

was nicht erzählt. Also, mein Vater …", er zögerte. „Mein Vater ist der König von Arkadia."

Wolke und Sturmwind starrten ihn an.

„Dein Vater ist der König?", sagte Sturmwind langsam. „Dann bist du ein …!"

„Prinz!", keuchte Wolke. „Du bist der Prinz von Arkadia! Das also meinte Das Trihorn mit deiner Abstammung."

Mondstrahl nickte. „Und das ist auch der Grund, warum ich gerade nicht zum Üben kommen konnte. Einer der Elfen hat mir eine Nachricht gebracht. Ich sollte zu Dem Trihorn kommen. Das Trihorn ist übrigens mein Großonkel. Er teilte mir mit, dass mein Vater demnächst zu Besuch kommen wird. Er wollte wissen, ob ich mich entschieden habe, ab dann offiziell als Prinz von Arkadia aufzutreten. Als ich in die Schule kam, wollte ich es gerne geheim halten. Ich wollte deswegen nicht anders behandelt werden."

„Ich kann einfach nicht glauben, dass du uns das nicht erzählt hast“, stammelte Wolke.

„Genau. Immerhin sind wir deine besten Freunde“, meinte Sturmwind.

„Ich weiß. Ihr habt ja recht. Ich hätte es euch sagen sollen. Aber es war so schwierig.“ Mondstrahl wurde lauter. „Ich wusste einfach nicht, wie ich euch auf einmal klarmachen sollte, dass mein Vater der König von Arkadia ist.“

Drei Erstklässler, die neben ihnen grasten, sahen neugierig herüber.

„Hat Mondstrahl gerade gesagt, dass sein Vater der König ist?“, hörte Wolke einen von ihnen sagen. Sie stupste Mondstrahl an und machte ihn auf die anderen aufmerksam.

„Schon möglich, dass es für dich schwierig war“, flüsterte Sturmwind. „Aber du hättest kein Geheimnis vor uns haben dürfen.“

„Du hättest es uns doch heute erzählen

können, als wir dich fragten, was Das Trihorn gemeint hatte", sagte Wolke mit gedämpfter Stimme. „Du hast uns angelogen. Du hast gesagt, du weißt es nicht."

„Es tut mir wirklich leid!", brach es aus Mondstrahl heraus. „Ich weiß, ich hätte das nicht tun sollen. Aber so war es eben, und ich kann das jetzt leider nicht mehr ändern." Aufgebracht galoppierte er davon.

Die Einhörner in der Nähe flüsterten aufgeregt miteinander und trabten dann weg, um ihren Freunden die Neuigkeit zu erzählen.

Wolke wurde das Herz schwer. „Oh weh. So wie es aussieht, weiß sowieso bald die ganze Schule über Mondstrahl Bescheid", sagte sie zu Sturmwind.

„Ich hoffe, er kann damit umgehen", erwiderte Sturmwind.

Wolke machte sich große Sorgen. „Das hoffe ich auch."

5

Bis zum Tee am Nachmittag hatte sich die Nachricht, dass Mondstrahl von königlichem Blut war, in der ganzen Schule verbreitet. Auf einmal wollte jeder sein Freund sein.

Wolke, Sturmwind und Saphira beobachteten, wie Mondstrahl auf der Mondscheinwiese mit einigen Fünft- und Sechstklässlern plauderte. Die älteren Einhörner löcherten ihn mit Fragen: Wie sieht der Palast aus? Wie viele Ställe gibt es dort? Welches Essen und Trinken wird gereicht? Und wie sind seine Eltern denn so? Zuerst schien die ganze Aufmerksamkeit Mondstrahl verlegen zu machen. Aber bald genoss er sie sichtlich.

Einerseits wäre Wolke gerne näher dran gewesen, um zu hören, was er auf all die Fragen antwortete. Andererseits war sie ihm immer noch böse und wollte ihn mit Nichtachtung strafen.

„Mondstrahl hatte anscheinend recht", sagte Sturmwind mit Blick auf die Gruppe um Mondstrahl. „Sie behandeln ihn tatsächlich anders."

„Trotzdem hätte er es uns sagen müssen", beharrte Wolke. „Wir hätten keinen Unterschied gemacht. Wir sind seine Freunde."

Im selben Moment blies der Oberelf das Signal zur Teestunde. Als die Tische herbeigebracht wurden, wichen die Schüler auseinander und machten Platz für Mondstrahl. Als er an Wolke, Sturmwind und Saphira vorbeitrabte, konnte er ihnen nicht in die Augen sehen.

„Wie es scheint sind wir nicht mehr gut

genug für ihn. Jetzt, wo jeder weiß, dass er ein Prinz ist", schimpfte Wolke.

Saphira stupste sie an. „Sei nicht dumm. Du weißt doch, dass Mondstrahl nicht so ist. Er hat bestimmt Schuldgefühle, dass er es uns verschwiegen hat."

Alle Einhörner ließen Mondstrahl am Tisch den Vortritt. Ungestört durfte er sich die feinsten Leckerbissen vom Tisch des Regenbogenhauses aussuchen. Sobald er sich bedient hatte, drängten sich die anderen Einhörner an den Tisch neben ihn. Zwei Fünftklässler, die auch an der Vorrunde teilgenommen hatten, Tiberius und Azur, waren als Erste dort. Azur lächelte Mondstrahl an, und Tiberius schob ihm eine Schüssel mit Karotten zu, damit er sich als Erster nehmen konnte.

Wolke, Sturmwind und Saphira landeten am untersten Ende des Tisches. Während sie ihren Imbiss aus Kleie, Gerste und Karotten verspeiste, beobachtete Wolke Mondstrahl. Er plauderte mit Azur und Tiberius über die Vorrunde vom Morgen. Sie schmeichelten ihm, wie gut er gewesen war und dass eigentlich er hätte gewinnen müssen.

Wolke seufzte. Es war seltsam, ohne ihn zu essen. Sie waren stiller ohne ihn. Wolke vermisste das gegenseitige Necken mit ihm. „Ich wünschte, er wäre hier bei uns."

„Ohne ihn ist es einfach nicht dasselbe", nickte Saphira.

„Vielleicht können wir ja nach dem Essen mit ihm reden", schlug Sturmwind vor.

Aber auch dann wichen Azur und Tiberius nicht von seiner Seite.

„Wenn du magst, können wir morgen gemeinsam Flugübungen machen", hörte Wolke Azur sagen.

„Das würde ich sehr gern tun, aber ich bin

bereits verabredet“, erwiderte Mondstrahl und sah kurz zu ihnen hinüber. Bestimmt dachte er an die Probe für Saphiras Geburtstagsparty.

Tiberius, ein stämmiges, weißes Einhorn mit dicker weißer Mähne, sah ihn überrascht an. „Aber Azur und ich lassen normalerweise keine jüngeren Einhörner mitmachen.“

„Hm, ja dann …“, Mondstrahl war hin und her gerissen. „Vielleicht könnte ich ja meine Verabredung absagen“, meinte er zögernd.

Wolke traute ihren Ohren nicht. Sie ließ Saphira und Sturmwind stehen und trabte hinüber. „Mondstrahl!“

Mondstrahl merkte, dass sie ihn belauscht hatte, und sah sie schuldbewusst an.

„Mondstrahl, du wirst doch morgen nicht fliegen, oder?“, zischte Wolke, weil sie nicht wollte, dass Saphira etwas mitbekam.

„Oh doch, genau das wird er. Er hat es gerade mit uns ausgemacht. Stimmt doch, Mondstrahl?“, sagte Azur.

„Hm ... also“, stammelte Mondstrahl.

„Aber wir wollten doch Saphiras Geburtstagsüberraschung vorbereiten“, flüsterte Wolke eindringlich.

„Wenn er mit uns fliegen kann, interessiert

ihn dieser Kinderkram bestimmt nicht“, sagte Tiberius verächtlich.

„Komm, Mondstrahl. Wir gehen“, sagte Azur.

Azur und Tiberius flogen in die Lüfte. Mondstrahl zögerte.

„Du darfst unsere Probe morgen nicht verpassen. Ihr Geburtstag ist schon so bald“, drängte Wolke.

„Es ist doch nur eine Probe“, sagte Mondstrahl.

„Aber es ist wichtig!“ Wolke stampfte mit dem Vorderhuf auf. „Zuerst hast du Geheimnisse vor uns, und jetzt interessierst du dich nicht mehr für Saphiras Geburtstagsparty. Ich weiß nicht, ob du überhaupt noch unser Freund sein willst!“

„Das weiß ich auch nicht, wenn du so denkst!“, sagte Mondstrahl aufgebracht und flog davon.

„Mondstrahl!“, rief Wolke.

Aber er beachtete sie nicht und flog Azur und Tiberius hinterher.

Langsam trabte Wolke zu den anderen zurück.

„Was war denn das?“, fragte Saphira überrascht.

„Ach, wir hatten nur eine kleine Auseinandersetzung“, murmelte Wolke. Sie konnte es immer noch nicht glauben, dass er einfach so abgezischt war.

‚Ich hätte nicht gleich so böse werden sollen. Aber er hätte auch nicht sagen dürfen, dass die Probe nicht wichtig sei. Und außerdem hätte er uns nichts verheimlichen dürfen‘, dachte Wolke.

Sie sah hinüber zur Flugheide, wo sich Mondstrahl mit Tiberius und Azur am Himmel tummelte.

Sturmwind rieb seine Nase an ihr. „Mach

dir keine Sorgen. Wir gehen jetzt an den Strand. Und Mondstrahl sehen wir später."

Aber Mondstrahl war bis zur Schlafenszeit mit Azur und Tiberius zusammen. Alle Einhornschüler schliefen in Ställen hoch oben in den Wolken. Die Erstklässler bewohnten das unterste Wölkchen, die Zweitklässler waren direkt über ihnen, und so ging es weiter bis zu den Sechstklässlern, die im obersten Wölkchen zu Hause waren. Jeder Stall war in einzelne Boxen aufgeteilt. In den Wänden gab es Fenster, und der Boden des Wölkchens war weich wie eine Hüpfburg. Wolke liebte ihren Stall. Normalerweise war sie dort glücklich und entspannt. Aber an diesem Abend nicht. Sie musste dauernd an ihren Streit mit Mondstrahl denken.

Endlich kam Mondstrahl in den Stall. „Lange nicht gesehen", sagte Sturmwind.

„Ich hatte zu tun“, murmelte Mondstrahl.

„Ja, du wolltest mit deinen neuen besten Freunden zusammen sein. Aber du weißt schon, dass sie dich nur mögen, weil du ein Prinz bist, Mondstrahl“, sagte Wolke.

„Das stimmt nicht!“, erwiderte Mondstrahl.

„Doch. Denn sonst hätten sie sich schon mit dir angefreundet, bevor sie wussten, dass du ein Prinz bist.“

„Ich höre dir gar nicht zu. Sie haben gesagt, dass sie meine Freunde sind.

Und ich schlafe jetzt.“ Mondstrahl legte sich auf sein Bett und schloss die Augen.

„Ist mir doch egal“, schnaubte Wolke und legte sich nieder.

„Gute Nacht. Schlaft gut“, sagte Sturmwind.

„Gute Nacht“, erwiderte Saphira.

Weder Wolke noch Mondstrahl sagten einen Ton.

6

Als Wolke am Morgen aufstand, war sie wegen des Streits am Vortag sehr bedrückt. Sie wollte sich unbedingt mit Mondstrahl versöhnen. Doch als sie in seine Box sah, bemerkte sie, dass er bereits aufgestanden und verschwunden war. Durchs Fenster entdeckte sie ihn, wie er gerade zur Flugheide trabte.

‚Dann spreche ich eben später mit ihm', dachte sie.

Aber Mondstrahl ging ihr und den anderen alten Freunden aus dem Weg. Den ganzen Tag wie auch an den nächsten Tagen war er nur mit Azur und Tiberius zu sehen. Und bald ließ er sich überhaupt nicht mehr blicken.

Er speiste mit den älteren Einhörnern und traf sich zwischen den Unterrichtsstunden mit ihnen. Hatten sie mal keine Zeit, dann lief er zur Flugheide und übte dort alleine für das Wettfliegen. Zu den Proben für Saphiras Geburtstag kam er nicht mehr, und auch abends kam er erst sehr spät in den Stall und legte sich ohne ein Wort schlafen.

„Ich vermisse ihn wirklich“, sagte Saphira zu Wolke, als sie am Samstag gemeinsam am Strand entlangtrabten. Neben ihnen funkelten die Klippen aus Rosenquarz in der Sonne. Saphira hatte eine geheime Höhle in den Klippen entdeckt, die sie Wolke zeigen wollte.

„Mir fehlt er auch“, gestand Wolke. „Ich wünschte, er wäre immer noch mit uns zusammen.“

„Ich glaube, das wünscht er sich tief in seinem Herzen auch. Aber er hat Schuldgefühle, weil er uns nicht erzählt hat, dass er der Prinz ist", meinte Saphira.

„Aber deswegen kann er doch immer noch unser Freund sein", protestierte Wolke. „Und warum gibt er sich auf einmal so viel mit Azur und Tiberius ab? Sie kommandieren ihn doch bloß herum. Gestern ließen sie sich von ihm etwas aus den Ställen bringen. Ich weiß nicht, warum er alles tut, was sie ihm sagen!"

„Na ja, immerhin sind es Fünftklässler", betonte Saphira. „Wahrscheinlich hält er sich für cool, wenn er mit ihnen zusammen ist." Sie wandte sich zu den Klippen. „Sieh nur, dort ist die Höhle!"

Wolke quetschte sich hinter Saphira durch einen Felsspalt in die Höhle. Sie bot ungefähr fünf Einhörnern Platz. Große Felsen hingen wie Eiszapfen von der Decke, und die Wände leuchteten sanft im Zwielicht. Wolke schnaubte. „Hier ist es wunderschön!"

„Ich finde es auch ganz toll! Es gibt sogar Tunnel, die wie Geheimgänge in den Fels führen", erzählte Saphira.

Eine ganze Weile vergnügten sie sich damit, alles zu erkunden. Durch Zauberkraft brachten sie ihre Hörner zum Leuchten, so dass sie in dem dunklen Gang sehen konnten.

Gerade als sie wieder zum Strand zurückkehren wollten, hörten sie bekannte Stimmen beim Höhleneingang.

Wolke blieb stehen. „Das sind Azur und Tiberius", wisperte sie, als sie Mondstrahls Namen hörte.

„Mondstrahl ist so ein Baby", sagte Azur vor der Höhle.

„Finde ich auch. Aber nachdem er der Prinz ist, lohnt es sich vielleicht, Zeit mit ihm zu verbringen, auch wenn er nur ein Erstklässler ist." Tiberius lachte. „Er ist manchmal

wirklich dumm. Seine Mutter hat ihm eine neue Decke geschickt, damit er es in der Nacht schön warm hat. Und diese Decke hat er mir sofort gegeben, als ich ihn darum gebeten habe."

„Und mir hat er seinen vergoldeten Mähnenkamm überlassen, weil ich meinen angeblich verloren habe", sagte Azur. „Heute Abend werde ich behaupten, ich hätte meine Fellbürste verloren. Vielleicht gibt er mir ja dann seine mit dem Rubin im Griff."

Wolke fühlte heißen Zorn in sich aufsteigen. „Sie sind so gemein", flüsterte sie.

Saphira nickte besorgt.

„Wir sollten ihn dazu bringen, dass er uns für die Ferien in seinen Palast einlädt. Das wäre richtig cool", meinte Azur.

„Ja, gute Idee!", stimmte Tiberius zu. „Wir wollen ihn gleich heute Abend fragen."

„Und wenn er uns nicht einlädt, dann drohen wir damit, dass wir dann nicht mehr seine Freunde sind“, beschloss Azur.

Tiberius kicherte. „Dann muss er uns einladen. Komm, jetzt laufen wir zur Flugheide!“

Man hörte das Geräusch von Hufen auf dem Sand, die sich entfernten.

Wolke drehte sich zu Saphira um. „Hast du gehört, was sie gesagt haben? Sie behandeln Mondstrahl so abscheulich!“

„Du hattest also recht – sie geben sich nur mit ihm ab, weil er der Prinz ist“, bestätigte Saphira.

„Wir müssen es ihm sagen!“, rief Wolke.

Sie eilten aus der Höhle und fanden Mondstrahl an dem Bach, der durch die Mondscheinwiese floss.

Als sie auf ihn zu galoppierten, wollte er davonlaufen. „Warte, Mondstrahl!“, rief Wolke. „Wir müssen mit dir reden.“

„Es geht um Azur und Tiberius“, erklärte

Saphira. „Sie sind keine echten Freunde."

„Ihnen geht es nur um deine Geschenke. Außerdem wollen sie in deinen Palast eingeladen werden", platzte Wolke heraus.

„Wir haben sie belauscht. Sie sprachen darüber, wie sie dich dazu bringen, ihnen deine Sachen zu schenken. Und sie sagten, dass sie nur mit dir befreundet sein wollen, weil du der Prinz bist."

Mondstrahl sah sie an. „Das glaube ich nicht."

„Aber es stimmt!", rief Wolke.

Mondstrahl schüttelte den Kopf. „Nein, ich glaube, ihr seid eifersüchtig, weil sie mit mir zusammen sein wollen. Ich werde mir nicht weiter anhören, wie ihr meine neuen Freunde schlechtmacht." Er galoppierte davon.

„Mondstrahl!", rief ihm Saphira nach, aber er kam nicht zurück. „Was sollen wir jetzt tun?", fragte sie Wolke.

„Ich weiß es nicht." Wolke wollte gar nicht daran denken, wie gemein Azur und Tiberius ihn behandelten. Sie mussten Mondstrahl dazu bringen, ihnen zu glauben. Aber wie?

7

Der nächste Tag war ein Sonntag. Sobald Wolke in der Früh erwachte, steckte sie ihren Kopf in Saphiras Box und wieherte: „Alles Gute zum Geburtstag!“

Saphira erwachte blinzelnd. „Vielen Dank!“, antwortete sie und spitzte die Ohren.

Auch Feuerschweif, Phönix und Topas, die anderen Erstklässler in ihrem Wolkenstall, wachten auf und gratulierten Saphira.

Wolke sah in Mondstrahls Box, aber er war schon weg. Wahrscheinlich bereitete er sich gerade auf das große Wettfliegen vor. ‚Hoffentlich sehe ich ihn noch vor dem Rennen', dachte sie. Trotz ihrer Auseinandersetzungen wollte sie ihm viel Glück wünschen.

„Hey, schau mal!“, rief Sturmwind. Er hatte ein Päckchen vor Saphiras Box entdeckt. Es war in silbernes Papier eingewickelt. „Saphira, du hast ein Geschenk bekommen! Vermutlich wurde es von einem Elfen gebracht.“

Saphira las die Karte. „Es ist von meinen Eltern und meinen Geschwistern!“

Sie streifte das Papier mit dem Huf ab. „Oh, wow!“, hauchte sie. Es war ein sternförmiger, weißer Quarzanhänger an einer langen Silberkette. Saphira hob die Kette mit dem Horn hoch und ließ sie über ihren Kopf gleiten.

„Sie ist wunderschön!“, rief Wolke.

Saphiras Augen glänzten. „Ich freu mich so!“ Sie berührte den Anhänger mit ihren Nüstern, ihr Blick wurde ganz sehnsüchtig. „Ich wünschte, meine Familie wäre hier und

Saphira

würde eine Geburtstagsüberraschung für mich veranstalten. Aber es wird bestimmt auch so ein wunderschöner Tag."

„Das wird er ganz sicher", antwortete Wolke.

Wolke wurde allmählich nervös. Hoffentlich würde es ihr und Sturmwind gelingen, Saphiras Familie würdig zu ersetzen. Sie hatten viel geübt, aber ohne Mondstrahl war es natürlich nicht dasselbe. Eine Vorführung zu zweit war einfach nicht so toll wie zu dritt.

Nach dem Frühstück eilten sie alle zur Flugheide.

„Mondstrahl sieht so besorgt aus", sagte Saphira zu Wolke und Sturmwind.

Mondstrahl blickte unruhig in der Menge der Zuschauer umher, als ob er jemanden suchte.

„Sollen wir ihm noch Glück wünschen?", fragte Sturmwind.

Wolke nickte.

Sie flogen zu ihm hinüber.

„Hi, Mondstrahl!“, rief Wolke.

„Oh, hallo“, erwiderte Mondstrahl verlegen. Seit ihrem Streit am Vortag hatten sie nicht mehr miteinander gesprochen. „Äh, und alles Gute zum Geburtstag, Saphira.“

„Danke, und dir viel Glück.“

„Wo ist deine Glücksschärpe?“, fragte Wolke. Ihr war plötzlich aufgefallen, dass er nichts um den Hals hängen hatte.

„Tiberius hat sie sich gestern ausgeliehen“, gab Mondstrahl zu. „Er hat versprochen, sie vor dem Wettfliegen zurückzubringen. Aber ich kann ihn nirgendwo finden.“ Es war ihm offensichtlich peinlich. „Ich weiß, dass das nur ein paar zusammengeknotete Bänder sind, aber trotzdem ...“

„Es ist dein Glücksbringer.“ Wolke verstand ihn sofort.

Mondstrahl nickte kläglich. „Ohne ihn mag ich nicht zum Wettfliegen.“

„Wir könnten losziehen und Tiberius für dich suchen. Und dann fordern wir die Schärpe zurück“, schlug Sturmwind vor.

„Würdet ihr das tun?“, fragte Mondstrahl.

„Natürlich“, erwiderte Sturmwind. Wolke und Saphira nickten.

„Oh, vielen Dank!“, sagte Mondstrahl.

Wolke lächelte. Sie war glücklich, dass sie alle wieder normal miteinander redeten. „Los, gehen wir!“, rief sie den anderen zu.

Als sie sich umwandten, entdeckte Mondstrahl, dass Tiberius und Azur über die Heide spazierten. „Seht nur, sie sind da und haben den Glücksbringer gebracht!“

Zu viert trabten sie zu den beiden älteren Einhörnern hinüber. Aber die Schärpe war nirgendwo zu sehen. Mondstrahl fragte sie: „Wo ist meine Schärpe?“

Tiberius sah ihn verwundert an. „Welche Schärpe?“

„Meine Glücksschärpe, aus drei Bändern zusammengeflochten“, rief Mondstrahl.

„Ach, das alte Ding“, sagte Tiberius verächtlich.

„Ich brauche sie unbedingt für das Wettfliegen.“

Tiberius und Azur sahen sich an. „Oh, ich fürchte, wir haben sie zerrissen“, gestand Azur.

„Zerrissen?“, wiederholte Mondstrahl.

„Ja, wir haben Fangen gespielt, und ich hab sie mit den Zähnen erwischt“, erklärte Azur gleichgültig. „Aber es war doch nur ein schäbiges altes Ding.“

Saphira schnappte nach Luft.

„Das stimmt nicht! Es war seine Glücksschärpe. Seine Mutter hat sie gemacht!“, rief Wolke.

„Tja, sie kann ihm sicherlich eine neue kaufen. Oder einer der Elfen im Palast macht ihm eine neue“, schlug Tiberius vor.

„Das ist doch nicht dasselbe“, sagte Mondstrahl.

„Und Mondstrahl braucht sie heute!“, ergänzte Sturmwind.

„Wo ist die Schärpe jetzt?“, fragte Wolke. Vielleicht konnte sie die Bänder noch schnell holen und flicken.

Azur zuckte mit der Schulter. „Wir haben sie in die Tonne geschmissen.“

Mondstrahl schnappte nach Luft. „In die Tonne?“

„Reg dich ab, Mondstrahl!“, meinte Azur gelassen. „Es waren doch nur ein paar blöde Bänder.“

Wolke kochte vor Wut. Plötzlich war es ihr ganz egal, dass Azur und Tiberius viel älter waren. Sie stampfte mit dem Huf auf. „Ihr seid schrecklich!“, rief sie. „Die Schärpe war ihm wichtig. Wenn ihr wirklich seine Freunde seid, dann hättet ihr das wissen müssen. Aber das seid ihr nicht, oder? Ihr tut nur so!“

Saphira nickte energisch. „Wir haben gestern gehört, wie ihr gesagt habt, dass ihr von Mondstrahl Sachen bekommen wollt. Und dass ihr nur mit ihm befreundet seid, weil er der Prinz ist!“

Mondstrahl trat auf die beiden zu. „Das stimmt doch nicht, oder?“

„Natürlich nicht“, sagte Azur. Aber sie konnte Mondstrahl nicht in die Augen sehen.

„Aber es stimmt wirklich!“, rief Saphira.

Tiberius sah Mondstrahl herausfordernd an. „Wem glaubst du jetzt – uns oder denen?“

Mondstrahl zögerte. Dann trat er plötzlich zurück und stellte sich neben Wolke, Saphira und Sturmwind.

„Ich glaube ihnen“, sagte er bestimmt.

Wolke wurde von Erleichterung überwältigt. Begeistert rieb sie ihre Schnauze an Mondstrahl.

Tiberius war empört. „Dann kannst du aber nicht mehr mit uns zusammen sein!“

Mondstrahl hob sein Haupt. „Das will ich auch gar nicht. Ich möchte mit euch überhaupt nicht mehr befreundet sein. Ich bitte euch, mir alle Sachen zurückzugeben. Und in den Ferien kommt ihr selbstverständlich nicht zu mir in den Palast.“

„Aber du hast uns eingeladen“, protestierte Azur.

„Gut, dann hab ich euch jetzt wieder ausgeladen“, sagte Mondstrahl. „Kommt, gehen wir!“ Er drehte sich um und galoppierte davon.

„Aber ... aber ...“, stammelte Azur. Sie und Tiberius sahen sich an.

„Man sieht sich!“ Wolke grinste sie an und galoppierte den anderen hinterher.

Mondstrahl blieb am anderen Ende der Heide stehen.

„Du warst großartig!“, rief Sturmwind.

Wolke stupste ihn begeistert an. „Du warst so cool!“

„Seid ihr immer noch meine Freunde?“, fragte Mondstrahl besorgt.

„Natürlich sind wir noch deine Freunde“, erwiderte Saphira, und Sturmwind nickte.

„Aber keine Geheimnisse mehr“, forderte Wolke.

Mondstrahl nickte. „Einverstanden. Ich hätte euch das alles schon viel früher erzählen sollen.“ Er seufzte. „Es tut mir wirklich leid. Außerdem bedauere ich so sehr, dass ich mich die ganze Woche mit Azur und Tiberius abgegeben habe. Ich hatte ein schlechtes Gewissen, dass ich euch nicht die

Wahrheit gesagt hatte. Und Azur und Tiberius waren anfangs wirklich nett zu mir. Da schien es einfacher, mit ihnen zusammen zu sein." Er sah sie alle an. „Hättet ihr stattdessen Lust, die nächsten Ferien bei mir im Palast zu verbringen?"

„Oh, ja!", riefen alle begeistert.

In diesem Moment erklang das große Horn. „Alle Teilnehmer zu mir!", rief Atlas.

Mondstrahl war besorgt. „Oh nein! Jetzt beginnt das Wettfliegen. Wie soll ich ohne meinen Glücksbringer mitmachen?"

„Mondstrahl, es liegt nicht an dem Glücksbringer, ob du gut bist. Du kannst wirklich sehr schnell fliegen. Auch ohne deine Schärpe!", redete Wolke auf ihn ein.

„Du hast diese Woche so viel trainiert. Du bist in Topform", beruhigte ihn Sturmwind.

Mondstrahl war immer noch unsicher.

„Komm her", sagte Saphira sanft. Sie ließ

ihre neue Halskette heruntergleiten und fing sie mit ihrem silbernen Horn auf. „Ich habe sie heute von meinen Eltern zum Geburtstag bekommen. Es ist zwar nicht deine Schärpe, aber für mich ist die Kette etwas ganz Besonderes. Vielleicht kann auch sie dir Glück bringen."

Mondstrahl starrte sie an. „Ich darf sie wirklich tragen?"

Saphira nickte. „Aber natürlich."

Vorsichtig hängte sie ihm die Kette um.

„Danke schön", hauchte Mondstrahl und berührte den Anhänger mit den Nüstern. „Ganz vielen Dank!", sagte er und sah sie alle mit glänzenden Augen an. „Ihr seid die allerbesten Freunde!"

„Wenn du nicht aufpasst, verpasst du noch das Wettfliegen", erinnerte ihn Wolke.

„Dann geh ich jetzt besser", keuchte Mondstrahl.

„Viel Glück!“, wieherten ihm Saphira, Sturmwind und Wolke hinterher, als er davongaloppierte.

8

Alle Einhörner, die sich für das Wettfliegen qualifiziert hatten, stellten sich am Start auf. Die komplette Schule hatte sich versammelt, um zuzusehen. Das Trihorn stand hinter einem Tisch, auf dem vier Medaillen lagen. Wolke, Sturmwind und Saphira beobachteten das Ganze von der Ziellinie aus.

„Viel Glück, Mondstrahl!", wieherte Wolke, als der Oberelf langsam das Horn zum Signal hob. Die Einhörner am Start tänzelten aufgeregt und schubsten sich gegenseitig. Es waren die zwölf Schnellsten der Schule: Jupiter, Azur, Tiberius, Silberschweif, Sonnenstrahl, Neptun, Oriel, Mondglanz, Perle,

Apollo, Hera und Mondstrahl. Und sie konnten es gar nicht mehr erwarten.

Der Elf wartete einen Moment, dann blies er das Signal. Die goldene Kette fiel, und die Einhörner schossen nach oben. Alle Zuschauer brachen in Jubel aus. Das Wettfliegen hatte begonnen!

Wolke, Saphira und Sturmwind sprangen auf und ab und wieherten wieder und wieder Mondstrahls Namen. Die zwölf Einhörner galoppierten über den blauen Himmel. Sie mussten zuerst um einen Baum Richtung Osten fliegen, dann um einen Baum nach Westen, und anschließend ging es auf die Zielgerade zu.

Als sie den zweiten Baum umrundeten, war Jupiter in Führung. Hinter ihm kamen Silberschweif, Neptun und Sonnenstrahl. Dahinter lieferten sich Azur und Tiberius ein Kopf-an-Kopf-Rennen. Mondstrahl war dicht hinter ihnen. Er war zwar kleiner als die anderen, aber sein Gesichtsausdruck zeigte wilde Entschlossenheit.

„Mondstrahl überholt Azur und Tiberius!“, wieherte Sturmwind, als Mondstrahl vorpreschte.

„Super, Mondstrahl!", kreischte Wolke begeistert, als Tiberius und Azur überrascht zurückfielen. Jetzt waren nur noch vier Einhörner vor Mondstrahl, aber sie näherten sich alle rasch der Ziellinie. Jetzt überholte er Silberschweif und verringerte den Abstand zu den anderen dreien. Mit jedem Schritt holte er ein paar Zentimeter auf.

„Schneller, Mondstrahl!", feuerte Saphira ihn an.

„Du hast es gleich geschafft!", wieherte Wolke.

Als ob er sie gehört hätte, strengte sich Mondstrahl noch mehr an. Er jagte weiter, aber schon war die Ziellinie da. Jupiter überquerte sie als Erster, gefolgt von Sonnenstrahl und Neptun. Mondstrahl war nur eine Haaresbreite hinter ihnen.

„Er ist Vierter!", keuchte Saphira.

„Das war große Klasse!", rief Sturmwind.

„Ich hoffe, Mondstrahl sieht das auch so“, meinte Wolke besorgt. „Ihr wisst ja, wie er sich das letzte Mal aufgeregt hat, als er nur Dritter wurde.“ Mondstrahl war neben den anderen Einhörnern gelandet. Nach der Anstrengung keuchte er. Er ließ den Kopf hängen, und seine Flanken hoben und senkten sich.

„Kommt, wir gehen zu ihm“, sagte Sturmwind. Im selben Augenblick hob Mondstrahl den Kopf und trabte hinüber zu Jupiter. Obwohl er immer noch nach Luft rang, gratulierte er dem älteren Einhorn. „Du warst toll!“, hörten sie ihn sagen.

Jupiter dankte ihm, und ihre Hörner berührten sich. Mondstrahl drehte sich um und beglückwünschte etwas atemlos auch Neptun und Sonnenstrahl.

Wolke war voller Stolz. ‚Gut gemacht, Mondstrahl!‘ Sie wusste, dass er wahrscheinlich wieder sehr enttäuscht war, weil er nicht Erster geworden ist. Aber so wie es schien, hatte er aus dem letzten Wettfliegen etwas gelernt. Sie sah schnell zu Dem Trihorn. Er beobachtete Mondstrahl lächelnd.

Mondstrahl kam zu ihnen herüber.

„Du warst super!“, gratulierte ihm Wolke.

„Danke“, sagte Mondstrahl. „Ich habe leider nicht gewonnen, aber ich habe mein Bestes gegeben.“

„Und das ist das Wichtigste“, sagte Sturmwind.

„Das stimmt nicht ganz. Das Wichtigste überhaupt sind solche Freunde wie ihr drei“, erwiderte Mondstrahl. Er ließ die Kette vom Hals gleiten und gab sie Saphira vorsichtig zurück. Dann lächelte er sie der Reihe nach an: „Es gibt nichts Besseres!“

Da hörten sie das Signal. Es wurde ganz still. Das Trihorn stellte sich hinter den Tisch.

„Jetzt werden die Medaillen überreicht. Jupiter bekommt Gold, Sonnenstrahl Silber und Neptun Bronze." Die Zuschauer stampften mit den Hufen, als die Gewinner vortraten und ihre Medaille entgegennahmen.

„Eine Medaille ist übrig", sprach Arturus, als die Gewinner beiseitetraten. „Das ist die Medaille für die herausragendste Leistung. Die gibt es bei jedem Wettfliegen. Atlas und ich sind uns darin einig, dass der heutige Gewinner … Mondstrahl ist."

„Ich?", keuchte Mondstrahl.

Das Trihorn nickte ihm zu. „Du hast dich in deinem ersten Einhornwettfliegen sehr gut geschlagen. Als Erstklässler hast du bereits den vierten Platz belegt. Bitte komm zu mir nach vorne, hier ist deine Medaille."

Wolke, Saphira und Sturmwind stupsten ihn liebvoll an. Mondstrahl schritt zum Tisch. Die große Freude war ihm anzusehen.

„Herzlichen Glückwunsch!“, sagte Das Trihorn feierlich.

„Vielen Dank“, stammelte Mondstrahl.

„Das hast du sehr gut gemacht“, sagte Das Trihorn leise zu ihm. „Ich meine nicht nur deinen vierten Platz, sondern auch dein Verhalten am heutigen Tag. Dein Vater wird sehr stolz auf dich sein.“ Er hängte Mondstrahl die Medaille um den Hals. Mondstrahl verneigte sich. Dann galoppierte er mit einem glücklichen Lächeln zu den anderen zurück.

„Tolle Leistung“, lobte Wolke.

„Danke. Hm – du, Wolke?“ Mondstrahl gab ihr ein Zeichen, etwas zur Seite zu gehen.

Sie folgte ihm.

„Habt ihr immer noch vor, Saphira mit einer Geburtstagsparty zu überraschen?“, fragte Mondstrahl leise.

Wolke nickte. „Willst du mitmachen?“ Sie sah ihn erwartungsvoll an.

„Wenn ihr mich noch dabeihaben wollt“, erwiderte Mondstrahl. „Ich weiß, dass ich nicht mit euch geübt habe. Aber ich bin diese Woche so viel geflogen, dass ich meine kleine Flugshow bestimmt hinkriege. Außerdem bekommt Saphira die Torte. Ich habe mich darum gekümmert, obwohl wir nicht mehr miteinander gesprochen haben. Meine Mutter hat sie geschickt. Sie steht in der Küche.“

„Wunderbar!“, rief Wolke. „Dann hol sie doch zusammen mit Sturmwind, und ich bring Saphira zum Strand. Dort treffen wir uns in einer Stunde, okay?“

Mondstrahl nickte. „Ich hänge noch etwas Partydekoration auf und lade ein paar Mitschüler zur Feier ein.“

„Aber nicht Azur und Tiberius.“

„Auf keinen Fall!“ Mondstrahl grinste.

Wolke sah zu den beiden hinüber, die ihnen beleidigt den Rücken zukehrten.

„Ich glaube nicht, dass sie noch mit dir reden“, meinte Wolke.

„Das ist mir egal“, sagte Mondstrahl fest und schwang seinen Schweif. „Ich geh dann mal und hole die Torte.“

„Wir sehen uns am Strand!“

Mondstrahl nickte. „Das wird die allertollste Geburtstags-Überraschungsparty!“

Wolke lenkte Saphira ab. So bestand sie erst darauf, in den Stall zu gehen. Dann wollte sie auf die Mondscheinwiese zum Grasen. Saphira begleitete sie geduldig. Sie fanden einen Fleck mit süßem Gras am Rand der Wiese.

Während sie grasten war Saphira auffallend still.

„Ist alles in Ordnung?“, fragte Wolke.

Saphira nickte. „Ich fühle mich nur ein bisschen seltsam. Gar nicht so, als ob ich heute Geburtstag hätte." Sie berührte ihren Anhänger mit den Nüstern. „Ich freue mich sehr über mein Geschenk. Aber ein Geburtstag ohne Party ist einfach komisch."

„Echt?"

Saphira nickte.

Wolke lächelte sie an. „Wir könnten doch zum Strand gehen."

„Na gut." Saphira zuckte mit den Schultern.

Sie wandten sich zum Ufer. Als sie auf den weißen Sand zugingen, sah Wolke eine Gruppe von Einhörnern, die sich in der Nähe der geheimen Höhle versammelt hatte. Von den Felsen hingen silberne und goldene Luftschlangen herab. Auf einem großen, flachen Stein stand eine riesige Torte mit weißem und rosafarbenem Zuckerguss. Sie war fast so groß wie Wolke.

„Was ist denn hier los?", fragte Saphira entgeistert.

„Überraschung", wieherten Wolke und die anderen voller Vorfreude.

Und da kamen Sturmwind und Mondstrahl herbeigaloppiert. „Alles Gute zum Geburtstag, Saphira!", riefen sie.

„Ist das eine Party? Für mich?", stammelte Saphira.

Wolke, Sturmwind und Mondstrahl nickten. „Und nicht nur irgendeine Party, sondern eine mit Zaubertricks und Geburtstagstorte. Also los!"

Sie trabten zu den anderen. Feuerschweif, Phönix und Topas standen da. Und auch Saphiras Freunde Mondlicht, Rubin und Koralle waren gekommen. Sie umringten Saphira, gratulierten ihr und überreichten kleine Geschenke: Glücksbringer, geflochtene Bändchen und Rosenquarzstückchen.

„Jetzt geht's los!", verkündete Wolke.

Zusammen mit Mondstrahl trat sie vor. Sturmwind ging neben einem kleinen Teich in Position. Wolke winkte mit ihrem Horn, und ein Strahl von glitzernden roten Sternen strömte heraus. Gleichzeitig färbte Sturmwind das Wasser im Teich rot. Mondstrahl galoppierte in die Lüfte hinauf und flog hoch über ihren Köpfen. Dann ließ er sich fallen und schrieb ein „H" in den Himmel, danach im Aufwärtssteigen ein „E". Gleichzeitig zauberte Wolke goldene Sterne herbei, und auch Sturmwinds Wasser wurde golden. Die anderen Einhörner begannen zu jubeln, als die drei Freunde ‚Herzlichen Glückwunsch zum Geburtstag, Saphira!' in allen Farben des Regenbogens buchstabierten.

Mondstrahl beendete seine Flugshow mit einem Sturzflug. Abschließend gelang ihm eine perfekte Landung direkt vor Saphira.

Herzlichen Glückwunsch zum Geburtstag
Saphira

Saphira war sprachlos vor Freude. „Oh, vielen Dank!“, stammelte sie.

Wolke und Sturmwind galoppierten zu ihr. „Hat es dir gefallen?“, fragte Wolke eifrig.

„Es war ganz toll!“, antwortete Saphira. „Mein Geburtstag zu Hause war immer wunderschön. Aber das hier ist die tollste Geburtstagsparty, die ich jemals hatte!“ Mit ihrem Horn berührte sie sanft die anderen. „Tausend Dank!“

„Dann essen wir jetzt die Torte“, rief Mondstrahl.

Alle versammelten sich um den unglaublich großen Kuchen.

Wolke blieb noch einen Augenblick zurück. Das Meer wogte über den weißen Sand, und hinter ihnen glitzerten die Klippen aus Rosenquarz in der Sonne. Glücklich warf Wolke ihre Mähne zurück. Es war wunderbar, mit all ihren Freunden hier zu sein.

Sie fragte sich, was sie als Nächstes erleben würden.

‚Ich weiß nicht, was uns noch alles erwartet', dachte sie. ‚Aber es wird bestimmt ein Riesenspaß.'

… und so geht es weiter:

Leseprobe

„Oh wow!“ Wolke starrte den neuesten Aushang am Schwarzen Brett der Schule an. In großen violetten Buchstaben stand dort geschrieben: WINTER-SCHNITZELJAGD!
Schnell las sie weiter:

WINTER- SCHNITZELJAGD!
Diesen Samstag veranstaltet die Schule eine Schnitzeljagd. Beginn ist um 10 Uhr. Alle Einhornschüler dürfen in Viererteams daran teilnehmen. Die Hinweise werden von den Lehrern in ganz Arkadia versteckt. Jedes Team muss sechs Rätsel lösen, die sie zu sechs Gegenständen führen werden. Das erste Team, das mit allen sechs Gegenständen zurückkehrt, gewinnt Klee fürs ganze Schuljahr! Alle Teams, die teilnehmen möch-

ten, müssen bis Freitag die Anmeldung beim Oberelf abgeben.

Wolke schnaubte aufgeregt. Eine Schnitzeljagd! Sie konnte es kaum erwarten, ihren besten Freunden Saphira, Sturmwind und Mondstrahl davon zu erzählen. Sie war sich ganz sicher, dass sie mitmachen wollten! ‚Wir könnten ein Team bilden', dachte sie. ‚Das wird ein Riesenspaß!'

Sie lief über den großen Platz hinüber zur Mondscheinwiese, wo sie ihre Freunde zuletzt gesehen hatte.

Wolke entdeckte sie in der Nähe der großen Eichen.

„Hallo, Wolke!", rief ihr Saphira zu, als sie zu ihnen galoppierte. „Wo hast du denn gesteckt?"

„Ich war beim Schwarzen Brett. Du errätst nie, was dort steht!", rief Wolke.

„Was denn?“, fragte Mondstrahl neugierig.

„Es gibt eine Schnitzeljagd!“ Wolkes Augen funkelten. „Das ist so toll! Sie findet nächsten Samstag statt und man muss zu viert sein.“

„Wir könnten ein Team bilden“, schlug Sturmwind vor.

„Ich hab schon mal gehört, dass es an der Schule Schnitzeljagden gibt“, erinnerte sich Mondstrahl. „Sie werden veranstaltet, damit wir die verschiedenen Teile von Arkadia kennen lernen.“

„Stand auf der Ankündigung auch, was man gewinnen kann?“, fragte Sturmwind.

„Klee fürs ganze Schuljahr!“, berichtete Wolke.

Ihre Freunde wieherten aufgeregt. Klee war ihr absolutes Lieblingsessen. In seinen Blättern steckte Zauberkraft und er schmeckte süß und prickelnd.

„Hoffentlich gewinnen wir!“, rief Sturmwind.

„Das hoffe ich auch. Aber selbst wenn wir nicht gewinnen, wird es toll sein, dabei zu sein“, meinte Saphira.

Sturmwind und Wolke nickten, aber Mondstrahl schüttelte den Kopf. „Ich will nicht nur dabei sein. Ich will gewinnen!“

Wolke grinste ihn an: „Du willst doch immer Erster sein, Mondstrahl!“

„Ja. Gewinnen macht einfach Spaß“, erwiderte Mondstrahl. „Wir fangen am besten gleich mit dem Üben an!“

Sternenfohlen, Band 3:
Magische Freundschaft
ISBN: 978-3-440-11400-1

Sternenschweif

Alles über Einhörner

Willkommen in der geheimnisvollen Welt der Einhörner

Hast du auch schon einmal davon geträumt, auf dem sanften Rücken eines Einhorns davonzureiten? Hast du im Traum seine seidige Mähne gestreichelt und ihm Geheimnisse in seine weichen Ohren geflüstert? Hast du dir jemals vorgestellt, über die Dächer hinwegzufliegen, hinein in die geheimnisvolle Welt der Einhörner, die voll von Zauber und Magie ist …? Glaubst du auch, dass Einhörner besondere Kräfte besitzen? Wie du weißt, gibt es Einhörner nicht in Zoos.

Man findet sie meistens nur auf den Seiten von Märchen- und Geschichtenbüchern. Im wahren Leben sind sie viel, viel

schwerer zu entdecken. Einige Menschen denken, dass sie weit, weit weg in verwunschenen Wäldern leben. Andere glauben, dass die Einhörner die Welt bereisen und jeden verzaubern, der ihnen begegnet. Wieder andere Leute sagen, dass Einhörner gar nicht existieren! Im Laufe der Jahrhunderte haben jedoch immer wieder Menschen behauptet, Einhörner gesehen zu haben, und dies in Schriften oder in Kunstwerken festgehalten. Um herauszufinden, wer recht hat und wer falschliegt, kannst du dir mithilfe dieses kleinen Büchleins dein eigenes Bild machen. Tauche ein in die geheimnisvolle Welt der Einhörner …

I

Wie sieht ein Einhorn aus?

Nebelschwaden ziehen durch den schattigen Wald. Dunsttropfen glitzern auf den Blättern, Zweigen und Grashalmen. Dann durchschneidet ein Sonnenstrahl die Dunkelheit. Nach und nach löst sich der Nebel auf und eine Lichtung wird sichtbar. Dort steht ein pferdeähnliches Wesen mit einem geschmeidigen, weißen Fell. Es hebt den Kopf, und ein einzelnes Horn auf seiner Stirn glitzert, als wäre es aus Silber …

Ein Einhorn ähnelt einem Pferd, aber es gibt einen Unterschied: Das Einhorn hat ein prächtiges Horn auf seiner Stirn.

Seit Menschengedenken haben viele Menschen immer wieder behauptet, Einhörner gesehen zu haben. Mythen und Legenden wurden von Generation zu

Generation weitergegeben. Diese erzählen von den magischen Kräften des Einhorns und von seiner strahlenden Schönheit. Aber nicht alle Geschichten beschreiben das Einhorn auf die gleiche Weise. Wie sieht ein Einhorn also tatsächlich aus?

Alle Farben des Regenbogens

Eine uralte chinesische Legende beschreibt ein Einhorn, das den Körper eines Rehs, Pferdehufe und den Schwanz eines Ochsens hat. Das Horn soll aus Fleisch sein, nicht aus Horn. Und angeblich schimmert das Fell dieses Einhorns in Rot, Gelb, Blau, Weiß und Schwarz – den fünf heiligen chinesischen Farben.

Ein berühmter griechischer Arzt und Autor namens Ktesias erzählt um 400 v. Chr. von einem wilden Esel, so groß wie ein Pferd. Der Esel hatte laut Beschreibung einen weißen Körper, einen violetten Kopf und klare, blaue Augen. Sein Horn – das beinahe 30 Zentimeter lang war – war am Ansatz weiß, ging in Schwarz über und hatte eine leuchtend rote Spitze. Obwohl viele Menschen glauben, dass dieses ungewöhnliche Tier tatsächlich ein Einhorn war, könnte es auch sein, dass Ktesias eigentlich ein Rhinozeros gesehen hat. Aber das werden wir nie wissen …

In den meisten Geschichten wird das Einhorn als reines, weißes Wesen beschrieben. Manchmal hat es außerdem riesige silbrig-weiße Flügel, die aus seinem Rücken wachsen. In den verschiedenen Kulturen entstanden immer wieder unterschiedliche Darstellungen und Beschreibungen dieser Tiere. Es gab zum Beispiel schwarze Einhörner mit blutrotem

Horn, Einhörner mit gespaltenem Huf und dem Schweif und der Mähne eines Löwen. In unserer Kultur geht man eher davon aus, dass das Einhorn wie ein schillerndes, weißes Pferd mit weißen Hufen aussieht. Ein einzelnes Horn wächst spiralförmig aus seiner glatten Stirn. Aber ob diese Geschöpfe nun rot, gelb, blau, violett, weiß oder schwarz sind, eines haben alle Mythen gemeinsam: Sie beschreiben die Einhörner als wunderschöne, anmutige Wesen, die von einem unerklärlichen Zauber umgeben sind.

Wusstest du …

… dass Einhörner der Sage nach wunderschöne Augen besitzen? Allerdings kann man nur schwer sagen, welche Farbe sie haben. Manchmal sehen sie schokoladenbraun aus, dann wieder schimmern sie tiefblau.

… dass Einhörner angeblich immer in dem Wald bleiben, in dem sie geboren wurden? Diesen Wald beschützen und behüten sie, und daher sind in Wäldern, in denen Einhörner leben, auch alle Tiere und Pflanzen ein kleines bisschen größer und gesünder als normal.

2

Einhorn-Geheimnisse

Glaubst du, dass es Einhörner gibt? Einige Geheimnisse über diese magischen, mythischen und mysteriösen Wesen sind immer wieder erzählt worden. Möchtest du mehr darüber wissen? Dann such dir einen schönen, geheimen Ort aus, mach es dir gemütlich, und tauche ein in die geheimnisvolle Welt der Einhörner …

Einhörner sind sehr scheue Wesen, die stets bemüht sind, sich und ihre geheime Welt im Verborgenen zu halten. Dennoch haben im Laufe der Jahrhunderte immer wieder Menschen behauptet, Einhörner gesehen zu haben. Vielleicht durften noch viel mehr Menschen dieses zauberhafte Tier beobachten, aber sie haben das Geheimnis einfach für sich behalten.

Wenn du jemals das Glück haben solltest, ein Einhorn zu sehen, dann behalte dieses süße Geheimnis am besten für dich. Die Welt ist voll von Leuten, die den magischen Geschöpfen nie begegnen werden – und diejenigen auslachen, die ein Einhorn beobachten oder treffen durften.

Einhorn-Babys

Wenn es schon schwierig ist, ein Einhorn zu erspähen, so ist es noch viel schwieriger, ein Einhorn-Baby zu entdecken. Einhorn-Fohlen werden so lange im Verborgenen gehalten, bis sie alt und klug genug sind, um auf sich selbst aufzupassen. Am Tag tollen sie fröhlich in den tiefsten Winkeln der dunkelsten Wälder herum, während ihre Mütter nach Futter suchen. Bei Nacht schlummern sie, versteckt und geschützt unter Decken aus Moos und Farn.

Einhorn-Babys müssen nicht lernen, magisch zu

sein – sie sind es einfach. Wenige Minuten nach ihrer Geburt können sie schon galoppieren, hüpfen und hoch in die Lüfte springen. Binnen einer Stunde können sie sogar schon mit ihrer Einhorn-Mutter sprechen, allein durch die Kraft ihrer Gedanken. Und wenn sie eine Woche alt sind, können sie Waldnebel herbeirufen und winzige Beeren durch einen einzigen verzaubernden Blick reif werden lassen.

Die Sprache der Einhörner

Einhörner sind außerordentlich leise Tiere. Sie können wiehern und schnauben, ganz ähnlich wie Pferde, aber meistens ziehen sie es vor zu schweigen. Ein Einhorn wird nur dann einen Laut von sich geben, wenn es sich in großer Gefahr befindet. Signale und Gefühle werden durch ihre Gedanken ausgesendet und von allen Einhörnern in einem Umkreis von fünfzig Kilometern empfangen. Da es

den Feinden unmöglich ist, diese stillen Signale zu lesen, bleibt die geheime Welt der Einhörner verborgen und geschützt.

Schnell wie der Wind

Einhörner gehören zu den leichtfüßigsten Geschöpfen der Erde. Sie sind schneller als die flinkesten Rennpferde. Diese Geschwindigkeit verdanken sie ihren verzauberten Hufen. Die enthalten so viel Zauberkraft, dass ein Einhorn in null Komma nichts zum Mond und wieder zurück fliegen kann. Manche Menschen glauben, dass Einhörner gefiederte Flügel haben – du findest vielleicht solche Bilder in einigen Märchenbüchern. Andere denken, dass Einhörner keine Flügel brauchen. In ihren Augen haben sie auch ohne Flügel mehr als genug Zauber in sich, um schnell wie der Wind um die Welt zu fliegen oder zu galoppieren.

Wusstest du …

… *dass das Blut von Einhörnern nicht rot ist wie das der Menschen? Stattdessen fließt angeblich pures, flüssiges Silber durch ihre Adern.*

… *dass Einhorn-Babys ohne ein Horn geboren werden? Man sagt, Mutter und Fohlen bleiben so lange zusammen, bis das Horn fertig gewachsen ist, was viele Jahre dauern kann.*

3
Das Horn des Einhorns

Der mächtige König schnappte vor Verzückung nach Luft, als der Händler seine Waren auspackte. Er traute seinen Augen nicht. Seine Höflinge hatten schon überall vergeblich danach gesucht. Konnte es tatsächlich das lang ersehnte Horn eines Einhorns sein, das dort vor ihm lag? Er drehte das kostbare Stück in seinen Händen. „Ich muss es haben, was auch immer der Preis sein mag …", wisperte er.

Das Einhorn ist bekannt für sein glänzendes, weißes Fell, seine wallende Mähne und seinen fließenden Schweif. Aber erst das lange, silbrige Horn macht dieses Wesen zu etwas ganz Besonderem. Ohne es könnte man das Einhorn mit einem Pferd verwechseln – das zwar auch wunderschön, aber nicht magisch wäre.

Die Macht des Horns

Es gibt kein anderes Geschöpf, das ein Horn hat wie das Einhorn. Stolz ragt es von seiner Stirn empor und ist vom Ansatz bis zur Spitze mit perfekten spiralförmigen Furchen verziert. Bei Dunkelheit leuchtet es. Bei Tageslicht glänzt und schimmert es. Aber das ist noch nicht alles.

Das Horn eines Einhorns dient nicht nur der Zierde. Es ist angefüllt mit Zauberkraft!

So heißt es, dass vergiftetes Wasser wieder rein wird, wenn ein Einhorn sein Horn hineintaucht. Eine Berührung durch das Horn soll Kranke kurieren und Verletzte heilen können.

Man sagt, dass die Menschen früher die vielfältigen Heilkräfte des

Einhorns zu nutzen wussten. Sie jagten die edlen Tiere und benutzten ihre Hörner, um Krankheiten wie Fieber, Pest, Bauchschmerzen, Epilepsie und Tollwut zu heilen. Vor allem Könige und andere reiche Menschen setzten alles daran, ein solches Horn zu bekommen, denn davon versprachen sie sich Gesundheit und ein langes Leben.

Das Geheimnis des Horns

Legenden zufolge liegt im Ansatz des Horns eines Einhorns ein funkelndes Geheimnis: ein tiefroter Rubin. Wie das Horn hat auch dieses herrliche Juwel viele magische Kräfte. Es kann Traurigkeit in Luft auflösen und Bosheit im Handumdrehen verschwinden lassen. Außerdem kann es Gift unschädlich machen.

Das Juwel des Einhorns hat schon viele Namen bekommen: mystischer Rubin, Hornstein und

Karfunkel. Nur einige wenige, besondere Einhörner besitzen so ein Juwel. Man sagt, dies seien die ältesten und weisesten Einhörner von allen …

Echt oder gefälscht?

Vor hunderten von Jahren war das Horn des Einhorns mehr wert als sein Gewicht in Gold. Man wusste um die zauberhaften Kräfte dieses Horns und versprach sich sehr viel davon. Jeder wollte eines besitzen, aber nur die Reichsten konnten es sich leisten, da die Hörner natürlich sehr selten und schwer zu finden waren. Händler reisten durch die Welt und verkauften die Hörner jenen, die verzweifelt genug waren, einen sehr hohen Preis dafür zu bezahlen. Schließlich sagte man, dass das Horn eines Einhorns demjenigen, der es besaß, ein langes und gesundes Leben garantierte.

Aber fast alle diese Hörner waren Fälschungen. Meistens waren die angepriesenen Hörner die Stoßzähne von Mammuts, die Hörner von Ziegen oder wurden gar aus Hundeknochen hergestellt. Als die Nachfrage besonders stieg, bediente man sich der Stoßzähne der Narwale. Diese Wale leben in der Nähe des Nordpols. Einer der vorderen Zähne des Narwals entwickelt sich zu einem langen Stoßzahn, den eifri-

ge Käufer nur zu gern für das Horn eines Einhorns hielten.

So genannte „Einhorn-Experten" behaupteten bald, mit bestimmten Tests nachweisen zu können, ob ein Horn tatsächlich von einem Einhorn stammte oder aber eine Fälschung war. Ob diese Tests tatsächlich funktionieren, weiß niemand so genau. Solltest du je in den Besitz eines Einhorn-Horns gelangen, dann kannst du es ja einmal ausprobieren …

Horntest A

1. Zeichne mit dem Horn einen Kreis auf den Boden (das funktioniert am besten auf Sandboden).
2. Warte, bis eine Spinne des Weges kommt.

3. Wenn das Horn wirklich von einem Einhorn stammt, wird die Spinne den Kreis nicht überschreiten können.

4. Wenn das Horn gefälscht ist, kann die Spinne problemlos innerhalb des Kreises rennen, springen oder tanzen.

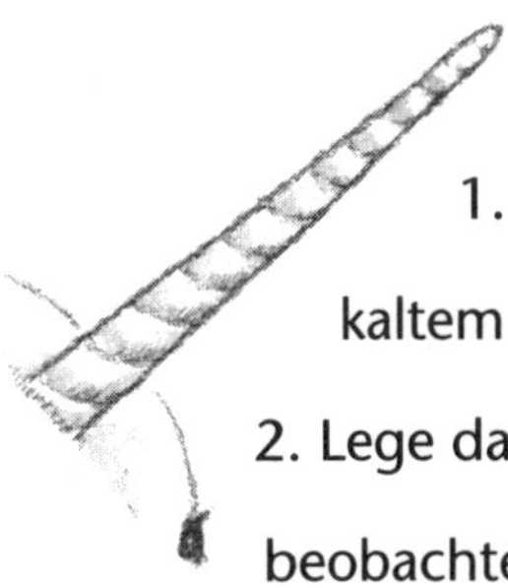

Horntest B

1. Fülle eine große Schale mit kaltem Wasser.

2. Lege das Horn ins Wasser und beobachte genau, was passiert.

3. Wenn das Wasser zu sprudeln beginnt, aber kalt bleibt, ist das Horn echt.

4. Wenn das Wasser sprudelt und warm wird, ist das Horn eine Fälschung.

5. Wenn überhaupt nichts passiert, ist das Horn natürlich auch falsch.

Wusstest du …

… dass das Horn eines Einhorns angeblich feucht wird, wenn es in die Nähe von vergiftetem Essen gelegt wird?

… dass nicht nur dem Horn des Einhorns magische und heilende Fähigkeiten zugesprochen werden? Auch das Horn des Nashorns soll Heilkräfte besitzen. Aus diesem Grund wurden schon viele Nashörner getötet. Tierschutzorganisationen setzen sich dafür ein, dass Nashörner nicht mehr wegen ihres Horns gejagt werden dürfen.

… dass viele Apotheken aufgrund der heilenden Kraft, die man dem Horn der Einhörner zuspricht, ein Einhorn im Namen oder auf ihrem Firmenlogo haben? Du wirst immer wieder auf „Einhorn-Apotheken" stoßen!

4

Das Zähmen eines Einhorns

Das strahlende Einhorn galoppierte durch die pfadlosen Wälder. Es eilte schnell wie der Wind durch das Dickicht, wich den großen Bäumen aus und sprang über Äste, die auf der Erde lagen. Nichts konnte es aufhalten, es war einfach unbezähmbar. Dann plötzlich geschah das Unfassbare: Das Einhorn hielt an. Denn dort vor ihm saß ein junges Mädchen in einem schneeweißen Kleid unter einem Baum. Freundlich winkte das Mädchen dem Tier zu. Das Einhorn ging zögernd auf es zu und legte seinen schönen Kopf friedlich in seinen Schoß.

Einhörner rennen schneller als jedes Pferd und sind wilder als jeder Tiger. Man sagt, auf der ganzen Welt könne sie nur ein Mädchen mit einer reinen Seele aufhalten. Dieses Mädchen alleine habe die Macht, das wilde Wesen zu beruhigen und zu besänftigen. Das liegt vielleicht daran, dass beide ehrlich, wahrhaftig und sehr, sehr gut sind. Vielleicht bist du ein solches Mädchen, das ein Einhorn zähmen kann …?

Wie man ein Einhorn zähmt

Obwohl man Einhörner schon viele, viele Jahre nicht mehr gesehen hat, sind sie vielleicht irgendwo dort draußen in den Wäldern. Und wer weiß, vielleicht kannst du eines Tages eines anlocken und zähmen? Versuchen kannst du es mit den folgenden Schritten:

1. Trage ein strahlend weißes Kleid. Es sollte so sauber sein, dass es nach Waschmittel riecht, und so weiß, dass es dich im Tageslicht blendet.

2. Bastele ein paar goldene Zügel aus gelber oder goldener Wolle, um das Einhorn festzuhalten.

3. Finde einen jungen, gesunden Baum mit leuchtend grünen Blättern. Gibt es so einen in eurem Garten? Wenn nicht, dann genügt auch eine andere schöne grüne Pflanze in der Wohnung oder auf dem Balkon.

4. Setze dich neben den Baum oder die Pflanze und lege die Hände in deinen Schoß. Du könntest jetzt zum Beispiel ein selbst geschriebenes Einhorn-Gedicht aufsagen. Schließe nun deine Augen und wünsche dir ganz fest, ein Einhorn zu sehen.

5. Wenn wirklich ein Einhorn auftaucht, dann warte, bis es seinen Kopf in deinen Schoß bettet. Lege vorsichtig die Zügel um seinen schlanken, weißen Hals. Das Einhorn wird dir nun erlauben, seine seidige Mähne zu streicheln.

6. Denk daran, das Einhorn nicht zu lange festzuhalten. Es handelt sich hier um ein Geschöpf, das seine Freiheit sehr liebt.

7. Wenn kein Einhorn auftaucht, dann hast du wenigstens ein paar Minuten lang an ein wunderschönes Einhorn gedacht und dich mit ihm verbunden gefühlt. Und das ist doch auch schon etwas, nicht wahr?

Wusstest du …

… dass du in klaren Winternächten ein leuchtendes Einhorn am Himmel sehen kannst? Um das Sternen-Einhorn zu finden, musst du östlich des Orion – dies ist eine der hellsten Sternenkonstellationen im Nachthimmel – suchen. Dieses ganz besondere Sternenbild wurde im 17. Jahrhundert von dem deutschen Astronomen und Mathematiker Jakob Bartsch entdeckt und benannt.

… dass Einhörner angeblich ein sehr langes Leben haben – viel länger als das von Menschen? Niemand weiß genau, wie alt das älteste Einhorn ist, aber es könnte hunderte von Jahren alt sein … oder sogar noch älter!

5
Der Löwe und das Einhorn

Das Einhorn hob seinen Kopf und sah unter seinen schneeweißen Wimpern hervor. Witternd hielt es den Kopf in die Luft. Ein Feind näherte sich, das spürte es ganz genau. Doch es handelte sich nicht um Männer, die mit Schwert und Pfeilen bewaffnet waren. Es war auch keine Herde wild trampelnder Bullen, sondern etwas, das viel gefährlicher war. So gefährlich, dass es die zerbrechliche Welt der Einhörner bedrohen und zerstören konnte. Langsam kam ein Löwe hinter einem Busch hervor. Die Augen der beiden Tiere trafen sich. Gleich würde der Kampf beginnen. Das wussten sie ganz genau.

Der Überlieferung nach ist der Löwe der größte Feind des Einhorns. Aber warum sollten zwei so herrliche Tiere sich gegenseitig bekämpfen? Weil der Löwe neidisch ist auf die Zauberkräfte des Einhorns? Weil das Einhorn gerne alleiniger König des Dschungels wäre? Nein. Die Feindschaft zwischen Einhorn und Löwe hängt mit dem Wechsel der Jahreszeiten zusammen …

Der Kampf der Jahreszeiten

Vor langer, langer Zeit, im Königreich von Babylon, repräsentierten verschiedene Tiere die unterschiedlichen Jahreszeiten. Das Einhorn stand für den Frühling – es war rein, magisch und weckte die Welt nach dem kalten, dunklen Winter sanft auf. Der Löwe repräsentierte den Sommer – strahlend, golden und voller Lebenskraft.

Die Babylonier glaubten, dass jedes Jahr ein großer Kampf zwischen Einhorn und Löwe stattfand. Das Einhorn liebte den Frühling und wollte nicht, dass dieser zu Ende ging. Aber Jahr für Jahr kämpfte der Löwe für den Sommer. Und bis heute gewinnt der Löwe den Kampf in jedem Jahr aufs Neue, und auf den Frühling folgt der Sommer.

Erbitterte Feinde

Die Legende besagt, dass der Löwe einen schlauen, aber gemeinen Trick hatte, ein Einhorn zu fangen. Er wartete geduldig vor einem grünen Baum auf einer sonnigen Lichtung. Wenn ein Einhorn in die Nähe kam, machte der Löwe sich über das schöne Tier lustig, lachte es aus und schnitt ihm Grimassen. Das Einhorn wurde so ärgerlich, dass es auf den Löwen zugerannt kam und ihn wütend angriff. Im letzten Moment trat der Löwe zur Seite. Das arme Einhorn bohrte sein Horn tief in den Baum und war dann dem Löwen hilflos ausgeliefert …

Das königliche Einhorn

Im 14. Jahrhundert wurde dem Einhorn eine besondere Ehre durch einen schottischen König zuteil. Robert III. entschied, dass dieses herrliche Tier das perfekte Symbol für sein Land war. Es war rein und stark und wahrhaftig – genau wie Schottland. Also wurde das Einhorn ein Teil des offiziellen Wappens des Landes. Unterdessen zierte ein grimmiger Löwe das englische Wappen.

Zweihundert Jahre später wurden Löwe und Einhorn vereint. Der König von Schottland wurde gleichzeitig König von England. Also entwarf er ein völlig neues Wappen, auf dem beide Tiere, also auch beide Länder, vertreten waren. Löwe und Einhorn wurden also auf dem Wappen vereint – Freunde wurden sie dadurch jedoch nicht …

Wusstest du …

… dass ein Einhorn auch in dem Märchen „Das tapfere Schneiderlein" der Gebrüder Grimm vorkommt? Allerdings wird es hier als böse dargestellt und durch eine List gefangen, als es in blinder Wut auf den Schneider zurennt und sein Horn in einen Baum rammt.

6
Das letzte Einhorn?

Plitsch! Platsch! Plitsch-platsch, plitsch-platsch! Es war, als ob der Regen niemals aufhören würde. Die Pfützen wurden größer und größer, bis sie ganze Felder bedeckten. Flüsse traten über die Ufer und ihr Wasser strömte durch Städte und Dörfer. Aber es regnete immer weiter. Bald schauten nur noch die höchsten Punkte aus dem Wasser und verzweifelt kletterten Menschen und Tiere auf Berge und Anhöhen. Was würde aus ihnen werden?

Schon lange ist kein Einhorn mehr gesehen worden. Einige Menschen glauben, dass sich die Einhörner im Moment nur verstecken und dass sie eines Tages wieder erscheinen werden, um ihren Zauber auf der Welt zu verteilen. Andere Menschen sind jedoch der

Meinung, dass das allerletzte Einhorn schon vor Jahrhunderten verschwunden ist. Vielleicht sind die Einhörner ja einfach nicht rechtzeitig zur Arche Noah gekommen?

Die Arche Noah

Die Bibel erzählt, dass die Erde einst ein fürchterlicher Ort war. Sie war voll von Bosheit, Verbrechen und Gewalt. Gott hatte irgendwann genug davon, dass die Welt so schlecht war, und er entschied, die Menschen zu bestrafen, indem er die Erde mit Wasser überflutete. Aber Gott beschloss auch, Noah zu verschonen – es musste schließlich jemand übrig sein, wenn die Wasser wieder zurückweichen würden. Er beauftragte Noah, eine bestimmte Art Schiff, die man Arche nennt, zu bauen. Die Arche sollte groß genug sein für Noahs Familie und zwei Vertreter von jeder Tierart in der Welt.

Als es zu regnen begann, hießen Noah und seine Familie die Tiere – die immer paarweise kamen – auf der Arche willkommen. Zwei Löwen, zwei Tiger und zwei Elefanten stiegen an Bord. Es gab zwei Affen, zwei Bären, zwei Hühner und zwei Hunde. Die Arche füllte sich mehr und mehr, und bald gab es kaum noch Platz. Aber die Einhörner waren nicht dabei. Dann stieg das Wasser, und es wurde Zeit für Noah und seine Arche loszufahren. Nach dieser Theorie kamen die Einhörner also zu spät.

Was war passiert? Waren die Einhörner zu beschäftigt damit, zu spielen, um auf Noah zu hören? Starben sie alle in den Fluten? Oder fanden sie einen sicheren Ort außer Reichweite des Wassers, an dem sie sich verstecken konnten? Das werden wir wohl nie mit Sicherheit wissen.

Sternenfohlen

Linda Chapman
In der Einhornschule
ISBN 978-3-440-11357-8

Im zauberhaften Einhornland Arkadia gehen die kleinen Einhörner zur Schule, um zu lernen, wie sie ihre magischen Fähigkeiten später sinnvoll einsetzen können. Wolke, das kleine Einhornmädchen, startet gemeinsam mit anderen Einhornfohlen ihr erstes Jahr in der Einhornschule. Alle müssen sich zusammenraufen, es finden sich neue Freunde, aber auch erste Schwierigkeiten tauchen auf ...

Jeder Band €/D 6,95
Preisänderung vorbehalten

Der Einhornprinz
978-3-440-11358-5

Magische Freundschaft
978-3-440-11400-1

Saphiras großer Tag
978-3-440-11401-8

Bezaubernde Gefährten
978-3-440-11596-1

Wolke in Not
978-3-440-11597-8

Wirbel um Stella
978-3-440-11598-5

Sturmwinds Geheimnis
978-3-440-11599-2

Ein zauberhaftes Team
978-3-440-11595-4

www.kosmos.de

Stardust
Wolkenpferde

Linda Chapman
Himmelszauber
ISBN 978-3-440-11268-7

Luna, die Sternenstaub-Elfe, taucht ein in die geheimnisvolle Welt der Wolkenpferde. Doch deren Anführer Thor wird von der dunklen Elfe Kea bedroht. Ob Luna ihm helfen kann?

Jeder Band €/D 7,95
Preisänderung vorbehalten

Magischer Bann
978-3-440-11269-4

Im Nebelkreis
978-3-440-11270-0

Ewige Freundschaft
978-3-440-11271-7

www.kosmos.de